小説家と夜の境界

山白朝子

Asako Yamashiro

The Phantom of the Novel

角川書店

小説家と夜の境界

目次

装画　都築まゆ美
装丁　坂詰佳苗

墓場の小説家

一

小説家には変人が多い。

それはなぜだろう。

まともな頭の人は、小説を書こうなどとは思わないのかもしれない。それとも、倫理観が欠如しているような人間の方が、奇妙な視点から世界を切り取り、おもしろいものを書けるのだろうか。確かに、当たり前のことばかり書いてあるような小説は魅力に乏しいだろう。常軌を逸した人間の書いた、常軌を逸した小説の方が、楽しめそうである。

私もまた小説家のはしくれだが、周囲の作家たちを見渡してみれば、奇人変人の集まりだとわかる。私は別だが、作家などという者たちは、どこか人格的に問題があるようだ。上手に社会で生きられず、はみだしてしまった人間の集団なのだ。

作品の創造とは、美を追求する行為である。常軌を逸した者たちが、美を追求するあまり、破滅へと向かってしまうことはめずらしくない。彼らは、生活、人生、あらゆるものを犠牲にしても作品を創造しようとする。私は、そういう者たちを眺め、観察するのが格別に好きだ。趣味だとさえ言える。私は彼らに憧《あこが》れているのだ。人生を踏み外してまでも、創作にのめりこむ姿勢に感銘を受ける。

今回、私の知っている変人小説家の中から、O氏という人物について紹介することにした。

O氏が小説家として活動した期間は十年と三ヶ月ほどだった。二十代で小説を書きはじめ、新人賞に応募して入選を果たす。彼のデビュー作は学園ミステリと呼ばれるジャンルだった。とある高校を舞台に、高校生たちが殺人事件の謎に挑むという内容だ。

ミステリのロジックが弱く、そのせいで他の作品に大賞をうばわれてしまったが、審査員特別賞という枠で彼の小説は出版された。ミステリと銘打つには淡白な内容だったかもしれないが、それでもO氏の作品には魅力があった。作中で描かれている十代の少年少女たちの描写が瑞々《みずみず》しく真に迫っていた。彼らは様々な悩みを抱え、葛藤《かっとう》を繰り返しながら、仲間とともに苦難を乗りこえようとする。何よりも、高校という舞台の空気感が文章から薫ってくる。自分の高校時代の景色を思いだし、なつかしさがこみあげた。

O氏はデビュー作以降も学園ミステリを書きつづけた。シリーズものとして同じ高校が舞台の物語が紡がれた。爆発的に売れたという印象はないが、O氏の小説の空気感が好きだった読者は多い。

私が彼に初めて対面したのは、とある出版社のパーティでのことだった。年末になると大手出版社のいくつかは、ホテルの宴会場に作家や編集者を集めて歓談の場を設ける。豪勢な料理が並ぶ立食式のパーティだ。宴会場の隅で私がアルコールを飲んでいると、知り合いの編集者が、二十代半ばくらいの若者を連れてきて紹介してくれた。それがO氏だった。

Ｏ氏は痩《や》せ型で、身長が高かった。肌は白く、不健康そうに頬がこけている。薬指に指輪をはめており既婚者なのだとわかった。しかし特別に目をひいたのは、彼の左腕が白色の三角巾《きん》によって吊《つ》られていることだった。

「こんな状態ですみません」

と彼は言った。

左腕を骨折して、ギプスで固定している状態なのだと説明を受けた。

「執筆に支障があるんじゃないですか？」

「意外と大丈夫ですよ。もう慣れました」

私たちは宴会場の隅で立ち話をすることになった。お互いの著作を読んでいたので、特に緊張することなく対話できた。片腕の使えない彼のために編集者が料理を運んできてくれる。

いくつかの話題を経て、執筆中の作品の内容について質問してみた。Ｏ氏は例の学園ミステリシリーズの最新作を書いている最中だという。彼は照れ笑いするように、ギプスのはまった左腕へと視線をむけた。

「実はこの腕、自分で折ったんです」

私はアルコールの入ったグラスに口をつける。彼の言葉を頭の中で反芻《はんすう》した。

自分で折った？

私は怪訝《けげん》な表情をしていたことだろう。

「次の小説では、主人公が車に轢《ひ》かれて、骨折するんですよ。左腕にギプスをはめて生活しなくちゃならなくなるっていう展開なんです。僕は、お恥ずかしいことにこれまで骨折などしたことがなくて。大きな怪我のないまま大人になってしまったんです。だから、骨折した主人公の痛みを上手に書ける自信がなかったんです」

心地よいアルコールの酔いで、宴会場のきらびやかな照明が宝石のように輝いていた。作家や編集者の集団がそこら中で笑い合っており、私にはなぜかそれらが百鬼夜行のように見えてくる。

O氏の話は大変に興味深かった。私の好物と言えた。

「なるほど、なるほど。それでは、小説のために、自分でその腕を折ったというわけですね？」

できるだけ表情を変えずに話をする。おどろいたり、顔をしかめたりすると、この対話が中断されるのではないかと危惧《きぐ》したからだ。

「そうなんです。痛かったなあ。でも、おかげで小説を書くとき、描写がはかどってます。妻にも感謝ですよ」

「奥さんに？　どうしてです？」

「腕を折るとき、妻に手伝ってもらったんです。妻は嫌がってましたけどね、小説のためだからと言って、説得するのが大変でした」

O氏の説明によれば、自宅の車庫で彼は寝そべり、車のタイヤの前に左腕を置いたという。彼の奥さんが運転席に乗り込み、エンジンをかけてすこしずつ前進させた。O氏の腕の上にタイヤが乗り、すさまじい重みで腕の骨が軋《きし》んだという。

ごり、ぽき、ぐしゃ……。

骨が折れ、筋肉がひしゃげ、O氏はすさまじい痛みに襲われて叫び声をあげたそうだ。

「でも、僕は同時に、うれしくて仕方なかったんです。これで小説が書ける、良い描写が生まれる、という確信があった。僕の痛みは、主人公の感じた痛みなんですから」

O氏は右手にシャンパングラスを持っており、それを顔の前にかかげた。薄い黄金色をした液体に、細かな泡が浮かんで弾《はじ》けている。話をするO氏の目には歓喜とさえ呼べる輝きがあった。自分の肉体を損傷させて創作物の糧とする。その行為は一般的な尺度から見れば行き過ぎたものだろう。しかし、これから紡がれる小説のことを思えば、その行為も許される気がしてくる。肉体はいつか滅びるが、魂から生み出された創作物は永久にのこるのだから。

二

パーティでの邂逅《かいこう》をきっかけに、O氏との交流がはじまった。知り合いの作家や編集者が飲み会を開くとき、彼を誘って参加することもあった。O氏は飲み会でほとんどしゃべらず、聞き役に徹し、どこにでもいる物静かで温厚な青年といった印象を崩さなかった。

交流を重ねて判明したのは、O氏が小説家という職業に対し、神聖さを抱いているというものだ。物語を紡ぐというのは才能のある一握りの人間にだけ許された行為だ、と彼は信じていた。

彼がその時期に書いていたものは純文学ではなく、エンターテインメント寄りの学園ミステリだったが、ジャンルなど無関係に彼は小説を芸術とみなしていた。だからこそ、執筆することへのプレッシャーを感じていたらしい。自分のような凡人が小説を書くなどという芸術的行動ができるわけがない、という自意識と戦わなければならなかったという。

「書きはじめるときが、一番、怖いんです。小説の冒頭部分の執筆という意味ではないですよ。パソコンを起動させて、小説の文章を入力し始める瞬間の話をしてるんです。昨日の続きを書こうとしてパソコンと向き合うのですが、その状態で動けなくなるんです。最初の一文字をキータイプするまでが長いんです。緊張で手が震えてくるんですよ。何行か無理矢理に書いていれば、昨日と同じようにすらすら書けるようになるって、頭ではわかっているんですけどね」

いかにして意識を執筆モードに切り替えるか？

それは作家仲間の間で常に論じられているテーマである。

上手に現実を切り離し、精神を作品世界へと沈み込ませるという行為を、日常的にできる作家は強い。例えば人気作家の中には、テレビのチャンネルを切り替えるかのごとく、パソコンの前に座れば執筆モードへと精神状態を切り替えることができて、すぐさま書きはじめられるという者もいる。うらやましくて仕方がないが、それができるのは一部の作家だけだ。

ほとんどの作家は、独自に研究を重ね、精神を執筆モードへと移行するための自分なりの方法を模索する。例えば私の場合は、ドリップ珈琲《コーヒー》をいれることがある種の儀式になっている。

熱湯を珈琲豆に注ぐと、目の前に湯気がたちのぼる。肌が熱を、鼻腔《びこう》は香りを感じる。五感から得られた刺激により、連続していた日常の時間に途切れ目ができて、空白の精神状態が生まれる。日常性を断ち切ることで、執筆モードへと頭の中をうながしているのだ。もちろん、珈琲をいれたからと言って、いつも書けるわけではないのだが……。

O氏の場合、新人賞に投稿している時期から、執筆へのプレッシャーがひどかったそうだ。そのため、デビュー以前からこの分野への研究に余念がなかったという。

「ある作家は、執筆するとき、蚊取り線香をそばに置いておくらしいですよ。蚊取り線香の匂いが郷愁を誘って、イメージが膨らむそうなんです。夏が舞台の小説を書くとき、僕も真似をしてみましたが、なかなか良かったですよ。少年時代の夏休みの記憶が蘇《よみがえ》って、スムーズに作品世界へ没入することができたんです。この手法を自分なりに発展させました」

「発展？　どのように？」

「これってつまり、日常と作品世界の境界を曖昧《あいまい》にして、執筆モードに頭を切り替えやすくする試みだと思うんです。そこで僕は、執筆する内容と、執筆時の自分の状況が、あらかじめ、できるだけ重なるように工夫してみたんです」

彼が自らの意思で腕を折ったのは、小説の主人公と自分を重ねるためだったのだ。私はO氏に質問を繰り返し、これまで骨折以外にどんな工夫をしてきたのかと聞いてみる。

「例えば死体発見の場面を書くときは、部屋に血のりをまきましたね。凄惨《せいさん》な現場にいるのだ、と自分に思い込ませて執筆をしました」

「後で掃除が大変だったんじゃないですか？」

「妻に面倒をかけましたよ。でも、小説のためですから、仕方ありません」

「執筆はうまくいったんですか？」

「それが、血のりの臭いって、本物の血の臭いとは違うわけで……。イメージを補完するために、自分の腕をカッターで切って、血をティッシュにしみこませて、その臭いを嗅《か》ぎながら小説を書きました」

　O氏は照れるように腕を見せてくれた。皮膚に何本も白い傷痕《きずあと》がのこっていた。死体発見の場面を書く度に傷つけていたのだろう。私はそれを見てうれしくなった。O氏がこちらの想像を超えて頭のネジがぶっ飛んでいたからだ。

「高校生たちの描写が瑞々しいですよね。決して想像だけでは書けないリアルな空気感がある。あれはどうやって書いてるんですか？」

「引っ越しをしたんです」

「引っ越し？」

「学園ミステリを書くぞ、と決意した日、妻に相談して、高校のすぐ裏手にある中古の一軒家を契約したんです。まだ作家デビューする前だったのですが、両親の遺産があったので、何とか買うことができました。家の敷地のすぐ裏に高校の校舎があるんですよ。耳をすませば、高校生たちが音楽の授業で合唱している声まで聞こえてくるんです。あれはいいものですよ」

　O氏は普段、自宅二階の部屋で執筆を行っているという。その部屋の窓からは、高校校舎がよく見えた。執筆を開始する前、彼は窓のそばに屈《かが》み込んで、カーテンの隙間から双眼鏡で校舎の窓を覗《のぞ》くのだという。廊下を行き交う高校生や教師の姿が垣間《かいま》見えて、小説世界のイメージが膨らみ、執筆の手助けになるそうだ。

「自宅の裏庭の敷地と、高校の敷地の境界には、ブロック塀と金網があるんです。執筆に行き詰まると、僕はそのブロック塀のそばに行って、高校生や教師たちに見つからないように、地面に横たわるんです」

「横たわる？」

「説明がちょっと難しいんですけど。ブロック塀にひび割れがあって、地面すれすれの位置に反対側まで貫通している隙間があるんです。そこに顔を持ってくれれば、高校の敷地を覗けることに気づいたんです。ひび割れに顔をくっつけると、校舎のそばで語り合う生徒たちや、部活で運動している生徒たちが、間近で見られるんです。会話の内容や息遣いが聞き取れるほどの距離なんです」

O氏は執筆のため、日常のすぐ裏側に、小説内世界と似た空間を用意したわけである。境界のひび割れから覗くという行為が、日常から小説内世界へ精神状態の移行をうながすのだろう。高校生たちの生活空間は、彼にインスピレーションを与え、作品世界を豊かにする助けになったはずである。

さらにO氏は教えてくれた。

「他にやった工夫といえば、夜中に高校に忍び込んだことくらいでしょうか」

「そうですか。小説の執筆のためなら、仕方ないですかね」

執筆という崇高な目的のためには、まあ、許されるだろう。私はそう自分に言い聞かせる。

「日暮れ頃、双眼鏡で校舎を観察していたら、一階の窓が一ヶ所、開きっぱなしになっていたんです。閉め忘れでしょう。夜中にも確認したら、まだ開いているではないですか。僕は、創作の神によって誘《いざな》われているのだと思いました」

その晩、O氏は自宅を出て、暗闇に身をひそませながら、高校の敷地へ侵入した。ブロック塀と金網を乗り越え、彼はいつも眺めていた場所へと降り立ったのだ。自分の小説の世界に入り込んだも同然だった。執筆する際、いつも参考にしていた場所なのだから。

校舎の外壁に手を添えて、その感触をひとしきり味わい、彼は開いている窓から校舎内に入った。

「その高校は夜中になると警備員がいるんです。でも、見回りをする時間や、そのルートは、すべて頭の中に入っていました。夜中に校舎で殺人事件が起きるという内容の小説を書いたとき、夜通しその校舎を観察しましたからね」

廊下の匂いを嗅ぎながら、彼は校舎内を歩いた。

小説の登場人物たちが、いつも歩いていた場所だった。

教室に入り、並んでいる机を見た。窓から差し込むかすかな月明かりが、一つ一つの天板を淡く光らせていた。彼はそこに手をのせ、指の腹で撫《な》でた。

小説の登場人物が、いつも日常を送っていた場所だ。仲間とともに笑ったり、悩んだりしなから、学園で起こった事件の謎解きをする場所に彼はいた。

自分が小説に書いていた世界が、そこにあった。

「すべてが美しかった。床に落ちていた、だれのかわからないヘアピン。黒板を雑に消したせいで、うすくのこっている数式。胸が締め付けられるような、切ない感情に襲われて、恥ずかしいことに僕は泣いてしまったんです。強烈な体験でした。あまりにも素晴らしかったので、当直の警備員に見つからないように職員室を訪ねて、校舎の裏口の鍵《かぎ》を拝借することにしたんです」

「……どうしてです?」

「合鍵を作るためですよ。自宅に粘土がありましたから、その鍵の型をとって、その晩のうちに戻しておきました。僕はそれから数日間かけてブランクキーをやすりで削り、合鍵を自作することに成功したんです。夜中にいつでも好きなときに校舎へ入れるようになったら、執筆はさらにはかどるようになりました」

O氏は、ノートパソコンを携えて、夜な夜な高校へ忍び込んだという。教室の場面を書くときは教室で、階段の踊り場の場面を書くときは階段の踊り場で、音楽室の場面を書くときは音楽室で執筆をしていたそうだ。警備員の来る時間が近づけば暗闇の中で息をひそませてやりすごし、夜が明ける前には自宅へ戻ったという。悪いことをしているという意識は彼になかった。すべては小説のためである。

彼は、自分を取り巻く環境に、小説内世界を構築することで、書くことのできる作家なのだ。

不器用だが、生み出される作品には真実が宿っていた。彼が平凡な倫理観しか持ち得なかったら、あれほどの空気感を醸し出す小説は生まれなかっただろう。

三

Ｏ氏の作家人生の半分以上は学園ミステリの執筆に費やされた。他のジャンルを書くようになったのは、デビューから七年ほど経過した頃である。ミステリブームが下火になり、売れ行きの芳しくない状態が続いた。その当時、世間でもっとも多く読まれていたのは恋愛小説だった。ネット上に掲載されていた恋愛小説が出版され、映画化され、大ヒットを記録したのだ。原作は百万部を超えるベストセラーになり、様々な出版社が似たような装丁の恋愛小説を売り出した。

Ｏ氏に恋愛小説の執筆を勧めたのは、私の知り合いの編集者のＴ氏である。

「Ｏさんの作風で恋愛小説を読んでみたかったんです。それがまさか、あんなことになるなんて」

Ｔ氏は後悔しているようだった。しかしだれも彼を責めることはできない。Ｏ氏はその特殊な執筆方法について作家仲間にしか教えていなかった。Ｔ氏は知らなかったのだ、彼がいつもどのようなやり方で小説を書いていたのかを。

Ｏ氏に恋愛小説というジャンルを勧めたことも理解できる。Ｏ氏の小説で卓越していたのは物語のプロットやミステリのトリックの部分ではない。文章から薫ってくる空気感こそが彼の小説の魅力であり、それは恋愛小説というジャンルにとって武器となるはずだ。

それに、Ｏ氏自身にも他のジャンルに挑戦してみたいという意欲があったようである。

「七年間、続けていましたからね。シリーズにけりをつけて、何か新しいことをはじめたかったのかもしれません。同じ時期にミステリ系でデビューした作家さんが、純文学系の賞をとったのも大きかったのかも」

彼はＯ氏と打ち合わせの場を設け、どのような恋愛小説を書くべきかを何度も話し合った。

「高校生の純愛をテーマにした恋愛小説が世間にあふれていました。単純にその追従をするだけではいけないと思ったんです。だから、読み手が心に傷を負うくらいの破壊力があるようなものをリクエストしたんです。彼も、その方がいいとおっしゃっていました。それで【傷心】をテーマにしたんです。読者が慟哭《どうこく》するような恋愛小説を書きたいと意気込んでいました」

Ｏ氏は作品のプロットを事前に編集者に提出するようなタイプではなかった。だれかに相談し、他人の思考が物語に入り込むことで、純粋さが失われると考える作家だった。事前に組み立てたプロットは、執筆という神聖な瞬間において、窮屈な拘束具でしかない。そのため、Ｔ氏の知らないうちに執筆は開始されていたという。

「数週間ごとに連絡を入れて、原稿の進捗《しんちょく》をたずねたんです。初めての試みばかりで苦戦されているようでした。内容を聞いても教えてくれなかったのですが、登場人物の年齢は大学生から社会人くらいだと言われました」

　それまでのように高校生を主要登場人物に据えなかったのは、小説家として成長するための判断だったのだろう。そのため、自宅裏の高校校舎を観察しながらの執筆は行わなかったようだ。

「作品が完成して、原稿が送られてきたのは、打ち合わせから半年後のことでした。初稿を一読し、傑作だと思いました。読んでいる間、主人公に感情移入しすぎて、胸が痛くて仕方なかった。【傷心】というテーマがあれほど似合う小説はない。書評家からの評判もすさまじかった。あの小説を彼のベストにあげる人がたくさんいるのも納得の出来です」

　O氏が生涯で書いた恋愛小説は、その一冊だけである。愛する者に裏切られ、心に傷を負う青年の物語だった。心から滲《にじ》み出た血をインクにして刻み付けられたかのような、嘆きに満ちた小説だった。

「初稿を読み終えてすぐに電話したんです。感想をお伝えしたくて。でも、Oさんは憔悴《しょうすい》していて、それどころではなさそうでした。後からうかがった話では、その頃、夫婦喧嘩《げんか》が絶えなかったとか」

　当時、作家仲間の飲み会に誘ってもO氏は現れなかった。彼の置かれている状況を知ったのは、例の恋愛小説が出版される直前の時期だった。O氏と奥さんとの夫婦仲が険悪になり、離婚間近の状態だと噂に聞いた。

「何度か私も会ったことがあるんですけど、若くてかわいらしい感じの奥さんでした。本当に仲が良くて、お似合いの夫婦だったんです。でも、私は知らなかったんです。Oさんが、小説と同じ環境に身をおかないと、書けないということを。彼は執筆のため、奥さんを出会い系サイトに登録させていたそうなんです。Oさんは、奥さんに浮気してきてもらうようにお願いしたそうなんですよ。小説の主人公が体験する【傷心】を深く理解するために、愛する人に不倫をさせたんです」

O氏と奥さんは高校時代の同級生だったという。お互いに初恋で、成人後すぐに結婚。学園ミステリを書いていた時期などは、大きな喧嘩もなく、幸せな夫婦関係だった。そのかわりO氏は人生において、恋愛が原因で心に傷を負うという経験をしたことがなかったという。だから経験する必要があったのだ、心の痛みを。

「奥さんは嫌がったそうですよ。でも、小説のためだからと説得したそうです。Oさんの指示で、奥さんは出会い系サイトで知り合った何人もの男性と遊びに出かけたそうです。奥さんに隠し持たせたICレコーダーに会話を録音させ、それを聴きながら執筆したらしいですよ。奥さんと男性がホテルに入った後の音声もすべて収録されていたそうです」

O氏は奥さんのことを心の底から愛していた。彼の小説を読めば、そのことがよくわかる。奥さんに対して愛情がなかったというのなら、小説で描写された主人公の痛みは上辺だけの空疎なものに仕上がっていただろう。

「ある日、外出が急に取りやめになって、Oさんが自宅で仕事をしていたそうです。すると、奥さんが男性を自宅に連れ込んできたそうなんです。その頃には、奥さんもすっかり出会い系にはまっていて、Oさんが指示をしなくても、知らない男性と会うようになっていたそうなんです。奥さんはその日、Oさんが出かけていると思い込んでいたんでしょうね。仕事場にOさんがいると知らないまま寝室に向かったそうです。仕事場と寝室は壁を一枚へだてた位置にあったらしくて、耳をすますと、二人の楽しそうな会話が聞こえてきたらしいですよ。それから、ベッドの軋む音も……」

それに耳をかたむけながら、彼は小説を書いたのだ。私にはその光景が容易に想像できた。彼はそういう作家だ。愛の喪失に胸が痛くなるほど、小説の描写が鬼気迫り、迫真性を獲得する。十代の頃から一人の女性と育《はぐく》んできたかけがえのないものと引き換えに、彼は、本物の懊《おう》悩《のう》と焦燥と絶望を小説という芸術に昇華することができたのだ。

本が刊行される少し前、彼の奥さんは荷物をまとめて家を出て行った。

今は別の男性と幸福に暮らしているという。

四

雑誌「怪と幽」に寄稿する身として、O氏がホラーというジャンルに興味を抱いていたことは、喜ばしい事実である。小説家として活動した十年三ヶ月のうち、彼の最後の一年間は、ホラー小説の執筆に捧《ささ》げられた。その時期に発表されたいくつかの短編作品は、はたして、どのような経緯で書かれたのだろう。

離婚後に一人暮らしをはじめたO氏と、私は会ったことがある。

「住んでいた家を売り払ったんです。もう、あの高校校舎を眺めることはできません。学園ミステリは二度と書けなくなりました」

O氏は以前にも増して痩せ細り、目は落ち窪《くぼ》み、弱々しい笑みを浮かべていた。

「今は賃貸のアパートの二階に住んでいます。一人暮らしをするのって、初めてなんですよね。結婚するまでは実家で両親と暮らしていたんです。その両親も、ずいぶん前に病気で二人ともいなくなってしまって。僕は今、たった一人になってしまったんです」

彼が学園ミステリを書けたのは、家の裏に高校の敷地が広がっていたことが大きい。彼が恋愛小説を書けたのは、夫婦関係の犠牲と引き換えだった。たった一人になったO氏は、これからどんな小説を書いていくのだろう。当時の私は疑問に思い、そのことを質問した。

「今、興味があるのは【死】についてです。安心してください。自殺しようと思ってるわけじゃないんです。アパートの裏から墓地が見えるんですよ。二階の窓から、雑木林をはさんで墓石の並んだ一画が見えるんです。都内の霊園のように整った感じじゃなく、田舎の外れにあるような、古い墓地ですよ。それを見ていたら、【死】というテーマについて考えるようになったんです」

一人暮らしをするようになり、あらためて、亡くなった両親のことを考えるようになったという。毎日、小さな仏壇に手を合わせ、自分を産んでくれたことに感謝しているそうだ。

「【死】をテーマにするといっても、純文学みたいなものじゃなくて、怪談みたいなものを書いてみたいんです。今なら何となく、怖い話が書けそうな気がするんですよ。住んでいるアパートは、比較的、新しいんですけど、なぜか壁や天井に謎の染みがあって、陰鬱《いんうつ》な雰囲気があるんです。いかにも何か出そうな部屋なんですよ。最初に物件を見せてもらったときは気にならなかったんですけど。トイレの床になぜか子どもの手形みたいなのがあったり、水道の水がたまに生臭かったりするんです」

O氏は、小説の世界観と、自分の周囲の環境を一致させ、境界を曖昧にさせながら執筆する。彼の口ぶりでは、住宅環境から【死】というテーマが引き出されたかのように聞こえた。しかし本当にそうだろうか。【死】というテーマが無意識にでもあったから、わざわざそのような物件に引っ越したのではないか。そんな想像をしたが、確認しないまま、その日は彼と別れた。

しばらくすると、とある文芸誌に、O氏の手による短編ホラー小説が掲載された。一人暮らしをはじめた主人公が、様々な怪異に出会うという内容だった。作品世界の空気感を再現する彼の特殊能力とも言える筆致が、ホラーというジャンルにおいても見事な効果をあげていた。作品全体に不穏な雰囲気が漂い、形容し難い不安と寂しさが描かれていた。怪異に怯《おび》える主人公は、孤独で、すこしだけ滑稽《こっけい》で、物悲しい人物として描写されている。

数ヶ月後、同雑誌に再びO氏のホラー小説が掲載されていた。おそらく同じ編集者のもとで何本か書きため、後に短編集として出版する計画なのだろう。内容は、より幻想性と怪奇性が高まったもので、死後の世界への憧れのようなものが登場人物の心理に垣間見えた。

私は小説の感想を伝えるため、O氏へ電話した。

「何とか僕にも、ホラー小説というものが、書けるようです。最初に掲載したものなんて、なかなか頭の中が執筆モードになってくれなくて、書きはじめるのに毎日、苦労していましたよ。いろんな工夫をして、登場人物の怯えている心情を理解することができるようになったんす」

工夫？

具体的に、どんな工夫をしたんですか？

「自分が怖いと感じるものを、とにかく部屋の中に、たくさん集めたんです。ネットで探し集めた怖い写真や画像を印刷して壁一面に貼ったり、ゴミ置き場に捨てられていた日本人形を連れてきたり」

O氏はもともと恐怖への耐性がそれほどある方ではないらしい。人並みに怖いものは怖いという。だから、怖いものを集めて部屋に飾るのは嫌だったが、小説のためだから仕方なかったそうだ。

「基本的に昼間は自宅で仕事をしていました。夜に執筆を行う場合は、ノートパソコンを持っていって墓地で書いていました。管理する人がいないのか、入り放題なんです。外灯もなく、周囲は雑木林に囲まれているから真っ暗なんです。目が慣れてくると、苔《こけ》をまとった墓石が闇の中に並んでいるのがわかるんです。墓場の敷地には段差があって、僕はそこに腰掛けて夜な夜な小説の執筆をしていたんです」

深夜に心霊スポットへ出かける者たちが私の周りには多い。怪談系の雑誌で仕事をしていると、オカルト好きの連中と知り合うせいだろう。しかし、小説の執筆をするために墓地へ行く者は、初めてだった。

「真っ暗な墓地にいると、息が詰まるほどの緊張感に襲われるんです。夜があれほど暗く、闇があれほど怖いものだということを、あらためて実感するんです。あまりの恐ろしさに、手が震えて、何度もキータイプをミスしました。闇の奥に、何かがいるんじゃないかという気がしてならなくなるんです。自分しかいないはずなのに、そこら中から視線をむけられているかのような気がしてくるんです。想像すると、肌が粟立《あわだ》って逃げ帰りたくなる。でも、そういう気持ちになればなるほど、執筆が、はかどって仕方ないんです。どんどん書き進めちゃうんですよ。まるで僕が書いているんじゃなくて、誰かに書かせられているかのように、勝手に手が動くんです。部屋で執筆していたら絶対に生まれない描写が自分の奥から出てきて驚かされました。恐怖に怯える登場人物たちの心理が手に取るようにわかって、僕はそれを叩《たた》きつけるようにキータイプして小説の形にするんです」

彼の声は震えており、何かを怖がっているみたいだった。

「時々、不思議なことが起きるんですよ。小説を書いていたら、自分の背後をだれかが通り過ぎたような気配があるんです。振り返っても墓石が並んでいるだけで、だれもいませんけどね。暗闇の奥から、ひそひそ声がすることもありました。僕の気のせいだったんでしょうか。それとも、あまりの怖さに幻聴が聞こえていたのでしょうか。それとも……。夜明けが近くなると、空が次第に明るくなるんです。その度に僕は、ほっとするんですよ。今晩も無事だったたって。

毎晩、墓地へ行くとき、今日は朝を迎えられないかもしれないって想像するんです。今晩は何かを見てしまうんじゃないか。それがきっかけでおかしくなってしまうんじゃないかって。行くのが怖くて怖くて仕方ないんです。でも、小説のために、行かざるを得ないんです。死の気配が充満するその場所でなければ書けないんです。僕は、書けなくなるのが嫌なんです。小説を書き続けて、良いものを生み出して、だれかに認めてもらいたいんです。僕にはそれしかないんです」

Ｏ氏がどのような経緯で作家を目指すことにしたのか詳しくは知らなかった。小説を書きはじめる初期衝動は人それぞれである。新人賞の賞金につられて応募した者もいれば、小説家という肩書に憧れて書きはじめた者もいる。

「僕は、子どもの頃から小説が好きだったんです。自分も物語を紡いで、だれかを感動させることができたらいいなと思って、小説家を目指してがんばってきました。物語を読むと、日常のことを忘れて、別の世界へ入っていけるんです。不思議なものですよね。書く側に回ってみれば、僕は日常というものを作品世界に侵食させなければ小説を生み出せなかった。僕も、みんなのように小説の才能があったら良かったのに」

Ｏ氏は、電話越しにため息をついた。あるじゃないですか、才能。と、私は彼に言った。作家デビューもして、あれほどの作品を書いて、才能がないと嘆いているなんて滑稽ですよ、と。しかし彼には響かなかったようである。

「長くなりましたね。そろそろ、電話を切りましょうか」

私たちは別れの挨拶《あいさつ》を交わし、電話を切った。

その後、彼は半年のうちに三本のホラー短編小説を書き上げる。どれも雑誌に掲載されたが、彼の小説は次第に難解さを増していった。物語の論理は破綻《はたん》し、悪夢の幻想性だけが先鋭化していった。O氏は墓地の暗闇と真摯《しんし》に向き合ったのだ。そこに濃縮している死の気配を、平易な物語にまとめることで陳腐化させることを良しとしなかったのだろう。意味不明な造語が頻出するようになり、まるで宗教書のように、常人には受け入れ難い論理が並ぶようになった。一行ずつ解読しながら読んでも流れが見えてこない。とりとめのない支離滅裂な描写が出てきたかと思えば、聖母が慈愛をこめたかのような清らかな文章がある。読者は困惑したことだろう。だけど私は彼の破綻したホラー短編小説が好きだった。意味のわからない箇所も含め、彼が墓地で垣間見たであろう、人間界とは異なる別次元の世界が透けて見えるような気がするのだった。彼は彼岸の世界に触れたのだ。そして戻っては来なかった。

瑞々しい十代の世界を書き、恋愛と愛の喪失を書き、【死】と対峙《たいじ》する恐怖を書いてO氏の小説家人生は終わった。彼のことを思い出すと、夜の墓地の光景が浮かぶ。痩せ細り、しかし目を爛々《らんらん》とさせ、鬼気迫る様子で彼は小説を執筆している。暗闇の中に、キータイプの音だけが響いている。

O氏の遺体が墓地で発見されたのは早朝だった。死因は心臓麻痺《まひ》。過度な精神的ストレスが原因だろうと言われている。はたして何を見たのだろう。彼の形相は恐怖で歪《ゆが》んでいたという。遺体の傍らにはノートパソコンが置かれてあり、書きかけの小説が残されていたらしいが、私はそれを読めてはいない。編集者の話によれば、意味不明な文章の連なりでしかなかったという。

小説家、逃げた

一

地方へ旅行に行った際、知人の家に立ち寄った。数年ぶりに会う知人は、奥さんと赤ん坊がいて幸せそうだった。彼の提案で、夕飯をご一緒することになった。

リビングのテレビで、新作映画のコマーシャルが流れる。奥さんが料理の皿を運びながら言った。

「この映画、私の好きな俳優が出てるんです。はやく観たいなあ」

「私も楽しみにしてるんです。この映画の原作小説を書いた方と、以前、対談をしたことがありまして。Yさんという方なんですけどね」

私の職業は小説家である。ベストセラーとは無縁だが、一応、生活はできている。出版界に長年関わっていると、様々な小説家に出会う。Yさんもその一人だ。

映画のコマーシャルは三十秒ほどだった。映像の断片から、原作小説のイメージが伝わってくる。Yさんが出版した小説のうち、最高傑作と名高い三十五冊目の作品である。

「やっぱり、映画になると、原作の本も売れるんでしょうね」

「数字がうごくみたいですね」

「小説を書かれる方って、本当に尊敬します。神様から特別な才能を授かった人しかなれないお仕事です。私たちのような凡人とはきっと違う人種なのでしょうね。そういう人は、きっと幸福なのでしょう」

奥さんの言葉に、私は戸惑った。

幸福な作家というものに、私は、会ったことがないからだ。

特にYさんなど、幸福とは無縁の作家生活を送っていた一人にちがいない。

×　×　×

Yさんは私よりも二回りほど若い男性作家である。彼について出版関係者が全員一致で断言する特徴があった。それは【筆が異様に速い】というものだ。

全盛期には一ヶ月に一冊のペースで小説が刊行されていた。毎月のように新刊コーナーに彼の小説が並ぶものだから、一人の人間ではなく、複数のライターが合同で使っている名義ではないのかという都市伝説が生まれたほどである。

完全な覆面作家であり、出版社のパーティにも参加せず、顔写真も公表していなかった。エッセイや書評の仕事も引き受けず、あとがきも書かず、取材もほとんど受けない。彼に会ったことのある出版関係者は限られており、謎につつまれた人物という印象が強い。そのことが、Yさんの複数ライター説に真実味を与えていたのかもしれない。

それにしても一ヶ月に一冊というペースは恐ろしいものがある。毎日、休みなく書き続け、その上で推敲《すいこう》する時間や校正のチェックを受けたゲラを修正する時間、次の作品のプロットを構想する時間などを捻出《ねんしゅつ》していたのだから恐ろしい。生活のすべてを執筆にあてていたとしても足りないのではないか。

ちなみに私の場合、一日に原稿用紙七枚も書けば良い方だ。三枚くらいしか進まないこともある。昨日、執筆をがんばったから今日は出かけて遊ぼう、などと怠けることもある。結果として年に一冊くらいの刊行ペースとなってしまう。

おまけにYさんは、様々なジャンルの小説をそつなく執筆することができた。世の中には、恋愛小説しか書かない作家や、本格ミステリ小説しか書かない作家など、特定のジャンルにこだわって生涯を捧《ささ》げる者もいる。Yさんはそれとは真逆の存在だった。先月はメロドラマのような作品を刊行したかと思えば、今月は歴史小説を刊行している。来月の刊行予定のリストには、SF作品らしきタイトルが並んでいる。毎月、彼は、多様なジャンルに挑んでいた。

しかし、手厳しい読者は彼の作品について【広く、浅く】と表現する。Yさんの作品はどれも一定の面白さを保証していた。どのジャンルを書かせても、それなりに楽しめた。しかしあくまでも、それなりに、だというのだ。

特定のジャンルを求道者のように突き詰めている作家の作品と比較すると、Yさんの作品はどれも深みが足りないと見なされ、そのジャンルのファンからは軽んじられる傾向にあった。だが、逆に言えば彼の作品はカジュアルに楽しめるよう調整されており、世の中の大勢にとって読みやすかったのだ。彼の作品から、そのジャンルにはまったという読者も多く、入門書としての役割を担っていたように思う。

恐ろしい速筆で、ジャンルを問わない職人作家。はたしてどのような人物なのかと気になっていた。幸いなことに、私はYさんと会う機会があった。

「Y先生と対談をしませんか？」

何年も前の話だ。私の担当編集者がある日、そのような依頼を口にした。

「Y先生が宣伝のために雑誌に出てくれることになったんですよ。こんなこと、初めてなんです。記念すべき三十冊目の小説の刊行ということで、特別に引き受けてくださることになりました。どうされます？」

ちょうど同じ時期、私の新刊本も出る予定だった。私の本の宣伝もかねて、彼と対談をしてみないかというお誘いだ。断るわけがなかった。


当日、都内の高級ホテルの一室で私は待機していた。私とYさんそれぞれの担当編集者や、記事をまとめるライター、カメラマンも一緒だった。対談は出版社の会議室などを借りて行うことが多い。しかし今回は雑誌編集部が奮発して高級ホテルの一室で対談を行うことになっていた。

Yさんは顔出しNGということだが、対談をしている様子を誌面に掲載したいという編集部の要望もあった。そのためカメラマンは、Yさんの顔を写さずに、私の表情だけが切り取れる構図を探していた。

ほぼ全員がそろって、後はYさんが到着すれば対談をはじめられる。そのような状況のまま、対談の開始時刻になった。Yさんは、なかなか来なかった。十分が過ぎても遅刻の連絡さえない。その場にいた全員が心配しはじめた。

「おかしいですね。タクシーでホテルに向かっているという連絡は、親御さんからいただいていたのですが」

Yさんの担当編集者は女性だった。

私は彼女に聞いた。

「親が連絡を？」

「ええ。Y先生のご両親がマネジメントをされているんです。出版社との連絡はすべてご両親が引き受けて、Y先生には執筆に専念していただいてるわけです。今日も一緒にいらっしゃるそうですよ」

「なるほど」

編集者へメールの返信をするだけで半日が終わるということはよくある。だれかにそのような雑務を丸投げして執筆に専念しなければ、あの驚異的な刊行スピードを維持できないのだろう。

対談の開始予定時刻を一時間ほど過ぎた頃、Yさんの担当編集者の電話が鳴った。

「え？　そ、そうですか……。それは困りましたね……」

彼女は電話を受けて困惑気味の声を出す。電話の相手は、どうやら、Yさんのご両親のようだ。通話を終えた彼女が、私たちに説明する。

「Y先生が、逃げたそうです」

「逃げた？」

室内にいた全員の声がそろう。

彼女の話によれば、Yさんは本日の対談を楽しみにしている反面、不安も抱えていたらしく、ホテルに到着した直後、逃げ出したのだという。ご両親は現在、Yさんの行方を捜している最中らしい。

「……とのことなので、もうしばらくお待ちください」

「わかりました」

「すみません。私も捜索に参加してきます」

Yさんの担当編集者は恐縮しながら部屋を出ていった。

それに続いて、ライターとカメラマンも彼女の手伝いに向かい、室内は私と私の担当編集者だけになった。

「……では、私も捜しに行くとしましょう」

私が立ち上がろうとすると、担当編集者が制止する。

「いえ、ここで待機していてください。行き違いになると困りますから」

「何を言ってるんです。こんなおもしろいイベントに参加しないなんて」

「おもしろがらないでください。不謹慎です」

私は渋々、室内で待機することになった。

そもそもYさんの顔を知らないので、捜索に参加しても役に立たないだろう。対談が怖くなって逃げ出したくなる気持ちは私にもわかる。しかし、本当に逃げ出してしまう者は稀《まれ》だ。Yさんは、まともな人ではないのかもしれない。そう思うと、私は、うれしくなった。

小説家という存在は、目に見えない内面の部分に、歪《ゆが》みを抱えている者が多い。精神面の欠陥、あるいは破綻《はたん》した人格、それらによって普通の生き方をできなかった人間が、最後にすがる職業として小説家というものがある。他の生き方ができない故に、死ぬまで小説を書く。人生における様々な尊いものを犠牲にしながら小説という芸術に命を捧げる。そういう尖《とが》った生き方をする小説家たちを観察して楽しむことが私の趣味なのだ。

ちなみに私はそういう生き方ができない半端者だ。小説の執筆だけに人生を捧げるなど不幸だと思っている。だからこそ憧《あこが》れがあるのだろう、破滅的な作家たちに。

ほどなくして、担当編集者の電話が鳴った。Yさんが見つかった、との連絡だった。報告によれば、Yさんは近所の商業施設のトイレで発見された。個室に閉じこもり、膝《ひざ》をかかえて、ふるえていたとのことだった。

「Y先生はだれかと対談をするのがはじめてなんです。きっと緊張されていたのでしょう。ともかく、見つかって良かった」

担当編集者が安堵《あんど》した表情になる。

十分後、部屋の扉が開かれ、数名の大人たちが入ってきた。ライターとカメラマン、Yさんの担当編集者、それ以外に新規の顔の三人がいた。

中年の男女。そして二人に挟まれて連行されるかのように引きずられてきた二十代半ばくらいの青年。ひどく痩《や》せており、目が不安そうに部屋の面々へ向けられていた。彼がYさんで、両側から挟んでいるのがマネジメントをしているというご両親なのだろう。顔が似ているから間違いない。三人ともフォーマルな服装だった。

「遅くなってすみません」

「この馬鹿が逃げ出してしまって……」

Yさんのご両親がしきりに頭を下げる。二人ともすこし太り気味の体形である。

「いえいえ、いいんですよ。大丈夫ですから」

私は自分の名刺を一枚、顔をこわばらせているYさんに差し出した。ふるえる指で名刺を受け取り、Yさんは、泣きそうな表情で頭を下げる。

「お、おそくなって……、すみませんでした……」

それがYさんとの初対面だった。

二

作家デビューからわずか三年で三十冊もの小説を刊行した青年は、対談の間ずっと落ち着かない様子だった。肩をすぼめて椅子に座り、おどおどと視線をさまよわせていた。ICレコーダーの録音を開始し、ライターが私やYさんにそれぞれ質問するような形式で対談は進む。Yさんは決して饒舌《じょうぜつ》な方ではないが、受け答えは意外にまともだった。意思疎通が困難な、まるで宇宙人みたいな思考をする小説家もいる。それにくらべたら対談相手としては安心感があった。

ありがたいことに、彼は私の小説をいくつか読んでくれていた。作家デビューする際、物語の作り方を参考にしたとのことだ。そのような経緯もあり、私との対談を引き受けたらしい。真心のこもった言葉で、私の小説の感想を語ってくれた。

私はそのお返しに、Yさんの著作の話をする。三十冊すべてを読んでいたわけではないが、デビュー作や気になるジャンルの作品には目を通していた。このような場では、対談相手の本をとにかく褒めまくると良い。お互いに褒めあって良い気分になり、気持ち良く対談を終えると全員が幸福になる。

ライターが私に、Yさんの最新作の感想について質問する。まだ刊行されていなかったので、対談のためにゲラの状態で目を通していた。私とライターの間で、あのシーンが良かったとか、このシーンが良かったなどと話が盛り上がる。

ふと、Yさんの様子がおかしいことに気づく。彼は両手で耳をおさえ、ふるえていた。顔色が悪く、ほとんど紫色だった。

「大丈夫ですか?」

Yさんの担当編集者が声をかける。

「……僕の小説の話は、そろそろやめにしませんか？　これ以上、聞いていると、吐いてしまいそうなんです」

部屋の隅で椅子に座っていた彼の両親が立ち上がる。

「すみません、こいつ、自分の小説の話をされるのが苦手みたいで」

父親が恐縮したように頭を下げる。

母親の方は、Yさんに憤りの声を出す。

「褒めてくださってるのだから、がまんしなさい」

Yさんは、暗い表情でうつむいた。

私とライターは押し黙り、ともかく話題を変えることにした。Yさんの著作に関する話はしない方が良さそうだ。どんな作品に影響を受けたのか、などの話に切り替えると、次第にYさんの顔色も戻ってくる。当たり障りのない話をして、対談の時間は終わった。

私とYさんは軽く挨拶《あいさつ》をしてその日はわかれた。私の名刺を上着のポケットにしまいながら、会釈をして部屋を出ていく彼の背中を見送った。

×　×　×

「……あの日は、本当にすみませんでした。僕のせいで雰囲気がおかしくなってしまいましたよね。僕は、自分の小説に対して嫌悪感があるんです。あのような、ひどい内容のものが世間に流通し、大勢の人が読んでいることを想像すると気持ち悪くなるんです。何てことをしてしまったんだと絶望するんです。場合によっては羞恥心《しゅうち》で皮膚が裂けるほど体中を掻《か》きむしりたくなるんです。対談だから、自分の小説の話題が出るのは覚悟していました。それなのに……」

二度目にYさんと会った時、彼は言った。

私と彼の他に、部屋にはだれもいない。二人きりの状況で、ようやく彼は胸の内を曝《さら》け出す。

「僕の本が書店に並んでいるのを見ると、その店に火をつけて燃やしたくなるんです。どうしてこんなゴミみたいな小説を置いているのかと、悔しくてしかたなくなるんです。僕の本のコーナーが設けられて、手書きのPOPが作られて、書店員の推薦コメントが寄せられているのを見ると、殺意すら抱いてしまう。何であんなゴミを売るのかと、問い詰めたくなるんです」

書店で見かける手書きのPOPは、私のような売れない物書きにとって、神様の垂らしてくれた蜘蛛《くも》の糸のようなものである。ありがたさの塊だ。それに殺意を抱くYさんは、やはり特殊だろう。

このような精神の作家が、どのように誕生したのか、私は気になった。

「僕が、最初に小説を書いたのは、大学生の頃でした。といっても、大学には途中からほとんど行かなくなり、半ばひきこもりのような生活をしていたのですが……。それまでに、小説は何冊か読んだことがありました。でも、漫画やゲームや海外ドラマの方が好きでしたね。小説家になりたい、などとは一度も思ったことがありません。だけど、ある日、父が公募雑誌を僕に見せて、こう言ったんです。小説を書いてみないか？　って……」

公募雑誌とは、様々なジャンルの公募情報を掲載した雑誌である。出版社が主催するいくつかの小説新人賞の情報も載っており、小説家になりたい者たちが、応募先を選定する際に役立てている。

「冗談かと思いました。僕に小説なんか書けるわけがないのに。父は、僕の中に小説家としての才能の片鱗《へんりん》を見ていたわけじゃないんです。父の目には、公募雑誌に記載されていた文学賞の賞金額しか見えていなかったのです」

Yさんの父親は小説とは無縁の人だった。その当時、ギャンブルに金をつぎ込んでしまい、一家の生活は困窮していたという。公募雑誌に掲載されている賞金の額は魅力的に映ったはずだ。しかも小説は、競馬や競艇などと違い、元手がほとんどかからない。チャレンジしてみるだけなら生活に何ら支障はなく、うまくいけば大金が手に入る。

「恥ずかしながら、僕はその時期、大学にも行かず、自宅でネットゲームばかりしていたんです。両親に頭が上がらなかった。いつも負い目を感じながら暮らしていました。そんな僕にも、一つだけ特技がありました。チャットで培ったタイピングのスピードです。ゲームをしながらフレンドにメッセージを送信するのですが、僕は文字の入力が異様に速いらしいのです。フレンドにそのことを指摘されて気づきました」

頭で言葉を思考すると、次の瞬間にはそれがテキストになって画面に表示されている。脳と画面を直結しているかのように、一切のタイムラグもなく、言葉を打ち込むことができたらしい。

「一方、父はパソコンもあつかえず、ワープロソフトが何なのかも知らない人間です。手書きで原稿を執筆する気力もない。だから、僕を使って小説を書かせることにしたのでしょう」

Yさんは乗り気ではなかったが、「従わなければ俺の家から出ていけ」などと脅され、渋々父親の言う通りにしたという。

しかし彼は、小説の書き方というものがわからなかった。そもそも、小説とはいったい何なのか。どういうものが小説と呼べるのか。Yさんは、高校時代に図書室で借りて読んだ私の著作を思い出したという。それは、数少ない読書の記憶だった。彼は私の小説を手がかりに、文字で物語を表現する方法を模索しはじめる。

「ともかく、何か書いてみることにしたんです。不出来な作品になっても、どうせ父親には良し悪しなんてわからないだろうと思っていました。だから気楽に、左手でネットゲームをしながら、その片手間に右手で小説を書きはじめたんです」

彼は、左右の手で同時に、別々の作業をこなすことができた。彼にしかできない、変態的な特技である。ゲーム用のパソコンと執筆用のパソコンを二台用意し、左右の手でそれぞれを操作しながら、数日のうちに彼は一作目の小説を書き上げたという。推敲もせずに印刷して父親に渡すと、父親はそれに目を通すことなく、公募雑誌に記載されている出版社の住所へ郵送したそうだ。

「何度かそれを繰り返しました。公募雑誌に載っていたほとんどの新人賞に送ったと思います。賞によっては、恋愛小説に特化したものや、ミステリ小説に特化しているものがあり、いろんなジャンルをこなさなくてはなりませんでした。過去に読んだ漫画や海外ドラマの記憶を掘り返しながら書きました。事前にプロットを作らず、ひとまず執筆をスタートさせて、書きながら展開を考えるというやり方です。うまくいかなかったら、もっと前の場面にもどって、別の展開で書き直すわけです」

当時から彼の執筆速度は異様だったのだろう。とにかく速い。大幅に書き直すことになったとしても、時間や労力のロスを無視できるほどに。事前に正解のプロットを組み立てて恐る恐る執筆をするより、トライ&エラーを繰り返し、執筆し続けて正解の道を探り当てるスタイルが彼に合っていた。

「執筆の手応《てごた》えなんかありませんでした。でも、小説を書いていれば、父の役に立てているような気がして、気分が良かったんです。大学に行かなくても負い目を感じずにいられました。当時は、自分の書いたものがだれかに読まれているなんて想像していなかった。賞に送られた僕の原稿は、だれにも読まれずに捨てられているんじゃないかと思っていたし、それでも良かった。まさか、下読みの方が、僕の書いたどうしようもない文章に、きちんと目を通していただなんて、後から知りました」

新人賞に届く原稿は膨大な数になる。それらをすべて、選考委員の作家先生に読ませるわけにはいかない。ふるいにかけるため、下読みという作業が行われる。編集者や、下読みのために雇われた方々が、すべての原稿に目を通し、有望な作品以外は落選させるのだ。

Yさんの文章は平易で読みやすいことが特徴である。難解な言い回しを用いず、すっと頭に入ってくる。純文学を読まず、小説に芸術性を求めなかったことが良かったのかもしれない。装飾のすくない機能的な文体を、いつのまにか彼は獲得していた。読みやすい文章の原稿は、新人賞の選考において、大きなメリットとなる。

「ある日、父の携帯電話に、出版社から連絡が来たんです。父は原稿を応募する際、自分の連絡先を書いていましたから。信じがたいことですが、僕の執筆した作品が最終選考に残っているという連絡でした。父は喜んでいました。母も、父から事情を聞いて、褒めてくれました。うれしかったですよ。有頂天になりました。何かで認められたことなんて、人生ではじめてでしたから」

残念ながら、その時は最終選考止まりとなり、賞金をもらうことは叶《かな》わなかった。しかし、それほど間をおかず、別の出版社からも連絡が次々と入ってきた。

賞に応募されたYさんの作品は、本人の感じた手応えのなさとは裏腹に、一定の水準に達していた。彼には、広げた物語の風呂敷《ふろしき》を、綺麗《きれい》に畳む能力が確かにあった。天才性というほど切れ味のするどいものではなかったかもしれないが、驚異的な執筆速度で次々と作品を仕上げるうちに、一般的な小説家志望者よりも多くの経験値を獲得し、物語構築の方法やコツといったものを身につけたのだ。

「最初の作品を書き上げて、およそ一年後、僕は新人賞で大賞をいただきました。賞金額は百万円。報告をいただいた時、父と母が僕を抱きしめて、泣いてくれたんです。僕のことを、ほこらしいと、言ってくれたんです。人生で最良の日でした。だけど、すぐに僕のよろこびは消え失《う》せました。受賞作は書籍となって刊行されると聞かされたからです。父母は、書籍化の印税がもらえると知り、さらに興奮していました。でも、僕は暗澹《あんたん》たる思いでした。自分の文章が世間の目にさらされるなど、羞恥以外の何物でもありません」

自分の作品を大勢の人に見てもらいたいという意識が彼には微塵《みじん》もなかった。そのような経緯で、彼の作家人生はスタートしたのだが、彼にとっては不幸のはじまりでもあったという。

三

「小説を書いていたのは、僕の意思ではありませんでした。父に言われて、賞金を獲得するために書いていたんです。無事に賞金をいただいたので、目的は達したつもりでいました。でも、それで終わりにはならなかった。まさか、自分が小説家デビューさせられて、二冊目や三冊目を書かされることになるなんて、思いもしなかった……」

「そりゃあ、させられるでしょう。出版社にとって賞金は、撒《ま》き餌《え》みたいなものですよ。それに誘われてやってきた将来有望な作家志望者を捕まえるためにあるんです。賞金だけ支払って、次作を出さないまま消えられるのが、一番、出版社側にとってはつらい」

私とYさんは、向かい合わせに座って話をしていた。場所は私のマンションのリビングである。彼の手は、何かに恐怖するように小刻みにふるえていた。

先日の対談の状況とは異なり、周囲には担当編集者もライターもカメラマンもいない。会話を録音するICレコーダーもなく、マネジメントをしていた彼の親御さんもいない。

窓からは夜景が見える。夜遅い時刻だ。アルコールを出そうとしたが断られたので、かわりに珈琲《コーヒー》を作り、彼の前に置いていた。

「自分の頭の中から生み出された文章が、書店に並べられ、大勢の人の目にさらされるなんて、僕にとっては生き恥のようなものなんです。どうして小説家の方たちは平気でいられるんですか？」

「あなただって小説家でしょう、Yさん」

「ちがいますよ。やめてください」

「あれだけたくさんの本を書いておいて、よくそんなことが言えますね。とっくに私の著作数を超えているじゃないですか。Yさんが小説家じゃなければ、何なんですか。今までいくつの小説を完成させたんですか」

「今日、三十五作目の初稿を終えたところです」

「先日の対談から三ヶ月しか経っていませんよ。三ヶ月でどうやったら五冊分の小説が生まれるんですか。馬鹿じゃないですか」

「死ぬような思いで、がんばりましたから……」

がんばって書ける量ではないと思うのだが、Yさんには書けてしまうのだろう。

「賞をとった直後のことを、もうすこし詳しく聞いてもいいですか？」

Yさんは珈琲に口をつけて、夜景を眺めた後、しずかに語りだす。

夜明けはまだ遠く、町並みは暗闇の中にある。

×××

僕が作家デビューして、最初におかしくなったのは母でした。賞金が銀行口座に振り込まれると、翌日には服やアクセサリーに替わっていました。父はずいぶん怒って、喧嘩《けんか》になっていましたよ。母にも言い分があったようです。はやく自分が使わなければ、父がギャンブルに費やしてしまうに決まっている、と。

父の怒りは、やがて収まりました。僕についた担当編集者から、一作目が刊行される際の印税額を聞いたからです。父は目の色を変え、私に二冊目や三冊目を書くように言いました。本を出版すれば、それだけお金がもらえるのだと理解したようです。

最初は断りました。自分の文章が世間の目にさらされることに抵抗がありましたから。でも、だめでした。母もいっしょになって、僕に小説を書けと言い出す始末です。嫌がっていると、ついに父の拳《こぶし》が飛んできました。僕の頬を殴りながら、鬼のような顔で「書かなければ殺すぞ」と言い出したんです。頬の痛みよりも、その顔が恐ろしかった。逆らう勇気もなく、両親に従うことにしました。

まだその頃は、趣味のネットゲームの片手間に小説の執筆をする余裕がありました。左手でゲームの操作をしながら、右手で小説の文章を打つといったスタイルです。基本的には画面を見なくても文章は打てるので、ゲーム画面ばかり見ていましたけどね。脳にとって良い刺激になっていたはずです。

左手でゲームの操作をしながら、頭の中で物語の展開やキャラクター同士の会話を考え、右手で文字として出力するんです。

それができなくなったのは、五冊目あたりを書き終えた頃でしょうか。ネットゲーム用のパソコンが、壊されてしまって……。

突然、父が怒って、窓からパソコンを投げ捨ててしまいました。

「執筆中にゲームをするな」と。

確かに、小説のことを愛している作家や編集者の目から見れば、ゲームをしながら執筆をする僕は、真摯《しんし》に小説と向き合っていない人間に映ったでしょう。しかし父は、小説のことを考えて僕を怒っていたわけじゃないんです。

左手でゲームをしているせいで、小説の執筆に右手しか使えていない。ゲームのせいで、執筆のスピードが半分になっている。ゲームをやめさせることで、両手で執筆ができるようになれば、小説を書くスピードは二倍になるはずだ。父はそう考えていたようです。

本を書いて出せば、初版部数の印税が手に入る。僕が書けば書くほど生活は潤う。だから父は、僕の執筆スピードを上げさせることで、より多くの収入が得られると見込んでいたのです。

当時、僕の小説がどれくらい、売れていたのかはわかりません。初版部数がいくらか、なんて興味がなかった。どの作品に重版がかかっていたのかも僕は知らない。すべて両親にまかせきりでした。

出版社とのつきあいも、父と母の担当でした。新規に仕事を依頼してくださる出版社の方に、高いお店に連れて行ってもらって、接待を受けていたようです。僕はそういう時も、自宅で執筆を続けていました。両親が次々と仕事を引き受けて、何日までに仕上げるという約束を勝手にしてしまうので、とにかく大変でした。

大学も退学させられ、ほとんど監禁に近い状態で、朝から晩まで小説を書く生活でした。ネットゲームを遊ぶことができなくなり、サボっていないかを見張るため、父と母が交替で僕の部屋にいました。トイレのためにパソコンの前を離れる時でさえ、許可が必要だったのです。

ゲームを奪われた結果、確かに執筆の速度は上がりました。両手でタイピングをすると、それまで以上の速さで文章が画面に表示されるようになりました。頭の中で思い浮かべた情景、登場人物の仕草、心情などが、次の瞬間には言葉の連なりとなって生み出されていくんです。室内は打鍵《だけん》の音が絶え間なく響き、数日に一度、キーボードが負荷に耐えきれず壊れてしまって、交換する必要がありました。

時折、執筆に集中すると、タイピングを行う手の方が、僕の脳を追い越していくことがありました。頭の中に物語を思い浮かべて、それを文章にしていたはずなのに、それが逆転してしまうのです。僕の脳がこれから思い浮かべようとしていたことを、先に僕の手が文章にしてしまうんです。僕は画面上の文章を目にしてようやく、書こうとしている小説の展開を知るのです。脳が興奮状態になって、そう錯覚していただけかもしれませんが……。

執筆に飽きた時、気分転換に、右手と左手で別々の小説を書くこともありました。後ろで見張っていた両親は気づいていなかったでしょうが、二つのキーボードを同時に叩《たた》いて、恋愛小説とホラー小説を並行しながら執筆していたのです。頭の中で二種類の物語を同時上映しながら書いていると、脳の情報処理能力に限界が来たのか、頭の中が熱を帯びてじんじんとしびれるような痛みがありました。

一週間に一度、気分転換のために外出することが許されており、近所の公園や、駅前の商業施設に連れて行ってもらいました。かならず両親のどちらかが僕につきそっていたのですが、僕が逃げないように監視していたのでしょう。

両親はすっかり金の亡者になっており、気づくと高額な外国産の車を買っていたり、ハイブランドの鞄《かばん》や靴が増えていたりしました。僕の印税が勝手に使われていることで文句を言ったことはありません。僕には欲しいものがなかったし、それに、あのような小説で手に入れたお金など使いたくはなかったのです。

詐欺をはたらいているような負い目がありました。自分の書いた小説に、それほどの価値があるとは思えなかったのです。他の小説家が書いた小説に比べ、僕の小説は粗製乱造の極みにあり、唾棄《だき》すべきものでしょう。まるで、読者を騙《だま》してお金をもらっているような気持ちだったのです。

外出した際、書店に行くと、平積みになった僕の本がある。それを視界に入れると、恥ずかしさや、消え入りたい気持ちで、たまらなくなる。手元に拳銃《けんじゅう》があれば、こめかみに銃弾を発射していたことでしょう。ペンネームを使っておいて本当に良かった。表紙に印刷されているのが本名だったら、僕はその場で舌を嚙《か》み切っていたかもしれない。

僕の小説なんて、この世で一番、価値のないものなんです。書きたくもない文章を、無理矢理に書かされて生まれてしまったものなんです。出版社がそんなものを宣伝なんてするものだから、騙された読者が買ってしまうんです。僕の作り出す物語は、どこかで見たことのある作品のバージョン違いのようなものです。僕はただ、アレンジをするのが上手だっただけで、新しいものを生み出したわけじゃない。僕の小説なんて、薄っぺらな内容で、読み終えたらすぐに忘れてしまうようなものなんです。

本当に価値のある、魂の奥底から引きずり出したような、そういう小説と同じ棚に並べられているのが申し訳ないんです。心底、それが嫌なんです。僕の本は書店の棚を汚している。僕の小説は出版の世界に泥を塗っている。だからこそ、僕の小説を応援している書店員のＰＯＰに対して殺意が生じるんです。

そのような思いを、僕が抱いているなんて、両親は気づいていなかった。

両親はただ、書けと命令する。

最初の頃、父と母は、僕に感謝していました。僕のおかげで生活が豊かになったと、笑いかけてくれました。僕は、大学に行かなくなったりして迷惑をかけたから、それがうれしかった。ようやく恩返しができたような気がしたんです。

でも、生活のレベルが上がるにつれて、両親の僕への態度は、ぞんざいなものになっていきました。僕が小説を書いて利益をもたらすことが当たり前のことになり、感謝もされなくなったんです。

執筆に嫌気がさして、トイレに閉じこもったこともあります。しかし、すぐに父がやってきて、トイレの鍵を破壊し、僕の胸ぐらをつかんで乱暴するのです。書け。書け。書け。顔や腹を殴られながらそう言われました。

作家デビューから二年半が経過した頃、我が家は引っ越しをしました。都内のマンションの七階にあり、窓からの見晴らしの良い立地でした。総床面積は広く何部屋もあり、その中の一つが僕を監禁して執筆を行わせる部屋でした。

僕には従兄弟《いとこ》が二人います。両親は彼らを雇って住み込みで僕を見張らせるようになりました。従兄弟たちは就職しておらず、他に働き場所がなかったのでしょう。監禁部屋の床にあぐらを組んで、一日中、スマホをいじったり、煙草を吸ったりしていました。逃げることはできません。従兄弟たちは僕よりもずっと腕力があり、喧嘩なれしているようでした。

その時期から僕は、小説の執筆をやめて、どこか遠くに行きたいと思うようになったんです。このままでは、価値のない小説を生む機械として一生を過ごすはめになる。そう危機感を抱くようになりました。

三十作目の小説が刊行される頃、対談をしませんかという依頼が出版社からありました。それまで取材や対談はお断りしていたのですが、本の宣伝になり利益が見込めるはずだと、両親は判断したのでしょう。僕に断りもなく、その依頼を引き受けてしまいました。そうして行われたのが、先生との対談だったのです。

あの日、僕は両親に連れられて対談場所のホテルまで行きましたが、タクシーを降りたところで、隙をついて逃亡したんです。

どこに行けばいいのかもわからず、無我夢中で走りました。とにかく、両親のいるところから遠ざかりたかった。出版の世界から逃げ出したかった。運動不足の僕の足では、遠くまで逃げられず、すぐにつかまってしまいましたけど……。

あの時は、大変、ご迷惑をおかけしました。誤解されるといけないのでお伝えしておきますが、対談相手として先生を選んだのは僕の意思です。だれと対談したいかを聞かれたので、先生の名前を挙げさせていただきました。僕が、先生のファンであったことは真実なのです。

しかし、対談が恐ろしくなって逃げ出してしまった、というのは真実を覆い隠すためのでっちあげでした。僕は、小説の世界そのものから、逃亡しようとしていたのです。

四

三十冊もの本を刊行したことで、我が家の生活水準は飛躍的に高まりました。僕は把握していませんでしたが、重版も何度か行われたらしく、富裕層並みの贅沢《ぜいたく》ができるようになっていました。両親は高級レストランで値段を気にすることなく食事を楽しみ、ワインを飲んでいたようです。僕の見張りを従兄弟たちにまかせ、海外旅行にも出かけていました。

一方で僕は、部屋に閉じ込められ、小説を書かされる日々です。鬱憤《うっぷん》はたまり、次第に小説というジャンルそのものに対し、憎しみを抱くようになりました。小説などというものがあるから僕は不自由なのだ。小説などというもののせいで僕の人生は縛り付けられているんだ。そう思うようになったのです。

しかし、書かなければ、僕は人間扱いをしてもらえません。信じがたいことですが、一日に決められた文字数を執筆しなければ、食事を与えられず、シャワーを浴びることも許されず、睡眠をとらせてもくれませんでした。安定して僕から小説を搾取するために、両親がそのようなルールを作ったのです。

そんな生活の中にも一応は娯楽がありました。執筆の資料検索のためにパソコンがネット接続されていたのです。小説の参考にするからという名目で、映画やドラマの配信を流しながら執筆しました。視界の片隅で映画のあらすじを追いかけ、脚本の構造を分析し、登場人物の台詞《せりふ》に胸を打たれながら、視界のもう一方の端にある執筆用のウィンドウで僕は小説を書きました。監禁状態にありながら、多種多様なジャンルの小説を書けたのは、様々な作品をインプットできていたおかげでしょうね。

対談から一週間ほどしたある日のことでした。あまりにも突然、我が家に崩壊の危機が訪れたのです。父の投資の失敗が原因でした。

父は調子にのっていたのでしょう。資産を増やそうとして、初心者には難しい投資に手を出してしまったようです。はじめは儲《もう》かったらしいのですが、引き際を誤り、気づくと大変な負債を抱えることになっていたのです。

母は激高し、父と大喧嘩をしました。これから入ってくる印税もあったのですが、それを足してもきびしい状況でした。母との大喧嘩の後、父は、僕に土下座をして言いました。

「頼む、小説を書いてくれ。これまでの二倍、いや、三倍の速さで書いてくれ。そうしてくれないのなら、おまえを殺して、俺も死ぬ」

一度、富裕層並みの生活を味わった父は、以前の生活にもどりたくはなかったのでしょう。

「できないよ。これ以上、速く書くことなんか無理だ」

「大丈夫だ。おまえ、いつも、たくさんの書き直しをしているじゃないか。すでに書いた部分をごっそりと削除して、似たような文章を書いているじゃないか。そういう面倒な作業をやめたら、小説を書くスピードをもっと速くできるはずだ」

父の言葉に、母も同意しました。

「そうよ。後ろで見張っている時に気づいた。どうしてそんなもったいないことをするの？　せっかく書いた文章なのよ。それを消すなんて、お金を捨てているのと同じじゃない」

僕の小説の執筆スタイルは、まず書いてみて、うまくいかなかったら書き直す、という繰り返しです。ほとんど最後まで書いてみたのに、物語が上手に着地できなかったので、冒頭までもどって書き直すということさえありました。そうして道を探るように、膨大な文章を書いては消し、何とか作品を仕上げているのです。才能に乏しい僕は、そうでもしなければクオリティを維持できなかったのです。それでも自分の作品に商品価値があったかというと疑問ですが、出版されて世に出されてしまうものだから、気が済むまで書き直しを行いたいという気持ちがありました。しかし、父母はその考えを理解してくれなかった。

「なあ、おまえがどこを書き直したって、何も変わらないさ。本を買っていく奴らは、買ってから中身を読むわけだろ？　本を買った時点で金は払っているわけだから、どんなことが書いてあったとしても、こっちの利益になっている。書き直しをやめたって、金はもらえるんだ」

「書き直すのをやめちゃえばいいのよ。とにかくたくさんの本を出すの。綺麗な表紙をつけて、出版社が宣伝をがんばってくれたら、きっと大勢の人が買ってくれるはずよ。本を買う人たちは、中身を見てから買うわけじゃないんだからね。どんな内容のものだって、宣伝次第で売れちゃうんだから。あなたは書き直しなんてする必要はないのよ」

耳を疑いました。両親は本気でそう思っているようでした。僕はそれを理解した瞬間、憤りで我を忘れ、気づくと二人につかみかかっていました。

声をあげ、暴れて、部屋を滅茶苦茶《めちゃくちゃ》にしました。近くで待機していた従兄弟に押さえつけられ、気絶するまで殴られてしまいましたが……。

僕は、悔しくて悔しくてしかたなかったんです。自分の小説に価値がないことなんてわかっていたんです。世に送り出したとしても、世界を変えられるほどの芸術性もなく、一定数の人が消費して終わるだけの、無意味な物語であることを自覚していたんです。そんな僕でも、父母の発した言葉は許せなかった。臓腑《ぞうふ》が裏返るほどの怒りがあったんです。なぜこれほどまでに僕は感情を逆撫《さかな》でされたのか。そう考えた時、ようやく気づいたんです。本当に、遠回りをしながら、ようやくそのことを理解したんです。僕は、自分が思っていたよりもずっと、小説が好きで、愛していたのだということを。執筆を押し付けられて、小説というものに憎しみを感じていたはずなのに、おかしなものです。もともと本をよく読んでいたわけでもないのに、書き続けているうちに、小説というものが僕の人生の一部になっていたんです。だから、心ない言葉を発した両親に対し、僕は、怒ることができたんです。小説の尊厳を守るために、咄嗟《とっさ》につかみかかってしまったんです。僕はそのことを、誇らしく思っています。

×　×　×

「……それから僕は、小説を書きました。クオリティを損なうことなく、だけどそれまで以上に速く、執筆を行ったんです」

Yさんが言った。

長い告白の間に、珈琲はすっかり冷めていた。

「今日の夜……、つい数時間前のことですけど、三十五冊目の小説の初稿が完成しました」

「そうでしたね、おめでとうございます」

「執筆している時、不思議な気持ちになったんです。うまく言えませんが、ほとんど書き直すことなく、物語が自ら成長していくかのように、小説が出来上がっていくんです。すべての登場人物が嚙み合い、物語の中で機能していました。書いているうちに、自分の心の奥を探索しているような没入感があり、書くことではじめて自分の心情に気づく瞬間があったんです。もしかしたら、小説家の人って、いつもこんな感じで小説を書いているのかなって、はじめて思いました」

「そういう意味では、三十五冊目にして、ようやくYさんは小説家になったということでしょうか」

「そうかもしれませんね。書き終えて感慨深い気持ちになりました。満足感があったんです。だから、もうこれで終わりにしようと決めました。すでに外は暗く、僕の部屋に見張りはいませんでした。部屋の扉は廊下側から閉ざされており、トイレに行く時だけ、開けてもらえる仕組みになっていました。原稿の印刷ボタンを押して、プリンターが動いている間に、僕は、きちんとした服装に着替えました。対談の時に着ていたジャケットです。せっかくなので、そういう服装で旅立ちたいなと思ったんです。印刷を終えた原稿を、机の上にそろえて置くと、僕はベランダに出ました。マンションの七階から、一思いに僕は、身を投げたのです」

「飛び降り自殺ですか?」

「はい。でも、どういうわけだか、生き延びてしまった。マンションのそばに木が茂っていまして、その枝をへし折りながら僕の体は落ちたわけですが、そのせいで落下速度が軽減したのでしょう。おまけに、下がゴミの回収場所になっていて、マンションの住人が出した大量のゴミ袋が山のように積まれていたのです。落ちた瞬間はすさまじい衝撃で、息もできないほどでしたが、気を失うこともなく、大きな怪我もしませんでした」

「すごい偶然ですね」

「思わず笑ってしまいましたよ。でも、いまだに恐怖で手がふるえているんです。体が落ちていく感覚を覚えているんです。あの瞬間、確かに僕は一度、死んだのです」

ゴミまみれになりながら、Yさんは立ち上がった。

すさまじい音がしたらしく、マンションの窓の明かりが次々と点《つ》いて、住人たちがベランダに出て、Yさんを見下ろしたという。

「部屋にもどりたくはありません。これからどうしよう、と漠然とした気持ちでポケットに手を突っ込むと、そこに先生の名刺があったんです。対談の時にいただいたものですよ。僕はその名刺に印刷された住所をたよりに、ここまで歩いてきたというわけです」

玄関チャイムが鳴り、Yさんが私の住むマンションを訪ねてきたのは、今から二時間ほど前のことだった。彼の姿は異様だった。髪は乱れ、頬に泥をつけ、ジャケットもぼろぼろで、どこかにひっかけたように生地が裂けていた。全体的にゴミの臭いがして、そのくせ、表情は妙に明るい。すでに深夜と呼べる時間帯だったが、私は昼夜が逆転した生活を送っているため、まだ眠くはなかった。それで、彼を招き入れて話を聞くことにしたのである。

「お金を持っていなかったので、タクシーに乗ることもできず、ここまで徒歩で移動してきたんです」

「それは大変だったでしょう」

「自由を満喫しましたよ。ひさびさに」

椅子に深く腰掛けて、満足そうに息を吐きながら、Yさんは窓に目をむけた。まぶしそうに、彼は目をほそめる。

私の部屋から町が一望できた。いつしか明るくなりかけていた東の空に、太陽が光をまきちらしながら姿を現した。朝だった。

それからしばらくの期間、私はYさんを匿《かくま》うことになった。担当編集者にもこのことは言わなかった。両親が彼の行方を捜していたことは容易に想像できる。担当編集者同士のつながりから、彼の両親に居場所が漏れることを恐れたのだ。

Yさんは本の出版とは無縁の世界で、ひっそりと暮らすことを望んでいた。私は彼の希望を叶えてやりたいと思った。親切心もあったが、彼の奇妙な人生の行く末を眺めて楽しみたいという野次馬精神もあった。逃亡先として九州の地方都市を提案すると、Yさんは承諾した。その町で小さなアパートを契約し、彼は一人暮らしをはじめることになった。

住民票を移動させる際、閲覧制限の届け出を行った。これで本人以外には住民票が発行できない。今どこに住んでいるのかを知られる心配はなくなった。戸籍の分籍手続きを経て、彼一人の戸籍を作成した。だれかと結婚する時、家族にそれを覚《さと》らせないためである。

最後に彼は、短い手紙を両親あてに書いて郵送した。

「僕を捜さないでほしい。僕を捜そうとしない限り、すべての小説の権利を放棄する」

手紙にはそのような旨を書いたらしい。彼の新しい住所は記入しておらず、消印からどの地域に住んでいるのかがわからないように、旅先からポストに投函《とうかん》したそうだ。

そうして彼は両親と縁を切り、小説家人生に別れを告げたのである。

毎月のように刊行されていたYさんの著作は、三十五冊目を最後に途絶えてしまった。三年三ヶ月という短い作家人生でこの刊行数は異常である。特に最後の作品は読者からの人気も高く、書評家からも絶賛された。

彼の両親がその後どうなったのかを、担当編集者にそれとなく聞いてみた。噂によれば、Yさんの著作の印税収入のおかげで破産はまぬがれたという。しかし贅沢ができるほどの状況ではなく、生活は質素にもどったようだ。

ある日、Yさんの担当編集者だった女性のもとに、彼の両親が小説原稿の持ち込みをしたらしい。彼らはそれを、Yさんの新作の原稿だと言い張っていたが、あきらかに素人が書いた不出来な小説だったという。おそらくYさんの両親が、従兄弟にでも書かせたものだろう。文章は稚拙で支離滅裂。何が言いたいのかもわからず、小説ですらないような代物だったという。それを聞いて私は胸のすく思いがした。

Yさんは自分の作品を卑下していたが、素人の書いたものとは一線を画す、確かな小説だったのだ。読む者の興味を引き、次のページをめくらせ、感情をゆさぶり、伏線を回収して物語を見事に終わらせる。彼にはその手腕があった。Yさんの両親は、自分の息子が稀有《けう》な存在だったことに、ようやく気づかされたにちがいない。

その後、Yさんとは年に何度か電話でやりとりをする関係となった。逃亡にともなう彼の活動資金はすべて私が捻出していた。それらを返済するため、彼は就職活動を行った。彼はプログラミングの言語を勉強し、ソフトウェア開発の会社に入ることができた。彼に言わせると、小説の執筆とプログラミングは根本の部分で似通ったところがあり、小説家だった時の経験が存分にいかせているそうだ。彼の組み上げるプログラムがどのようなものかはわからないが、おそらくすさまじいスピードで書き上げて、何人分もの働きをしているのだろう。それなりに高い給料をもらえるようになり、同僚の女性とつきあい始め、結婚して子どもが生まれたという。

小説はもう書かないのかと聞いてみた。

「やめてくださいよ。もう懲り懲りです」

彼の声は晴れやかだった。

× × ×

「小説を書かれる方って、本当に尊敬します。神様から特別な才能を授かった人しかなれないお仕事です。私たちのような凡人とはきっと違う人種なのでしょうね。そういう人は、きっと幸福なのでしょう」

知人の奥さんの言葉に、私は戸惑う。

すこし考えて、返事をした。

「場合によっては、小説を書かない人生の方が幸福なのかもしれませんよ」

「そうでしょうか」

地方へ旅行に行った際、知人の家に立ち寄り、夕飯を一緒に食べることになった。奥さんの作った手料理はおいしく、知人も元気そうでなによりだった。

私たちはアルコールをいただいて談笑をしながら、点《つ》けっぱなしにしていたテレビのバラエティー番組を観ていた。ゲストに来ていた俳優が、新作映画の番宣をはじめる。先ほどコマーシャルで流れた、Yさんの三十五冊目の作品を原作とした映画だった。

ふと、奥さんが言った。

「自分の小説が映画になったら、原作者特権で、出演されている俳優にお会いできるのかしら。いいなあ。私、この役者さんの大ファンなんです。会ってみたいなあ」

私は知人を見たが、知人は、奥さんから目をそらし、聞こえなかったふりをして、赤ん坊をあやしはじめる。彼は自分の過去を明かさないまま今の奥さんと結婚しているのだ。私と知り合った経緯も、昔の職場つながりという、非常に曖昧《あいまい》な説明しか、していないらしい。奥さんは、自分の結婚した相手が、その映画の原作者であることを知らないまま、「いいなあ小説家の人って」とつぶやいていた。

キ

一

読者からのお便りに、次のようなものがあった。

「先生、助けてください。とある小説を古本屋で買って以来、家の中で動物が歩きまわっているような気配がするんです。ペットなんて飼っていないのに、寝ている時、枕元で犬がフンフンと鼻をならすような音がします。起きて部屋を明るくしても、もちろん、何もいません。だけど、古本屋で買った小説の周囲だけ、犬がよだれをたらしたかのように、しっとりと濡《ぬ》れているんです」

私は怪談系の雑誌に文章を書く仕事をしている。そのせいか、いただいたお手紙に、心霊現象のエピソードが書いてあることはめずらしくない。

この読者は、動物霊の取り憑《つ》いた本を手に入れてしまったようだ。古本屋に並んでいるものは、だれかの手を経由しているわけだから、霊が取り憑いている割合は高い。霊障を避けたければ、やはり小説の単行本は中古ではなく、書店で新しいものを買うべきだろう。

別の読者からも似たような手紙が届いた。

「以前、書店で小説を買いました。それから、おかしな出来事が続きます。我が家はペット禁止のアパートなのですが、夜中に部屋の中で猫の声がするようになったのです。私の幻聴ではないと思います。隣人から苦情が来て、猫を飼っているんじゃないかと疑われているからです。私だけではなく、隣人にも猫の声は聞こえているわけです。家具の隙間に隠れているんじゃないかと思い、よく調べてみたのですが、どこにも猫はいません。不気味に思いながら、読みかけの小説を読んでいたら、ページの間から猫のおしっこみたいな臭いがすることに気づきました。それで、本が原因だとわかったんです。何だか怖くなって、その本を捨てたら、おかしな出来事は、ぴたりと止みました」

どうやら、書店で販売されている新品の本にも、動物霊が取り憑くというケースがあるらしい。はたしてどのような経緯で、動物たちの怨念《おんねん》は、その本に染み付いてしまったのだろうか。書店に流通する過程のどこかで、例えば運んでいる最中のトラックが猫を踏んでしまったなどとは考えられないだろうか。古本でなくとも霊障のリスクは一定の割合で存在するらしい。

二通の手紙は、それぞれ別の人物が書いたものである。住んでいる土地も離れており、筆跡もずいぶん違う。交友関係もないだろう。無関係な二者が、偶然に似たような体験談を送ってきたな、と思っていたら、次のようなエピソードをネットで発見した。

「うちで飼ってる犬が、急におかしくなった。何かに怯《おび》えている、かと思ったら、急に吠《ほ》えだす。最近、ネットで小説を買ったのだが、その本に向かって、いつもうなっている。何でかわからない。中身は普通の小説で、特におもしろくはない。でも、その本を読んでいる時、絶対にうちの犬は、私に近づいてこない。私を心配そうに遠くから見ている。気味が悪くなって、本は最後まで読まず、近所の古本屋に売った。うちの犬は、元にもどった」

私は仕事柄、小説のネタになるような奇妙なエピソードを求めてネットを巡回している。これまで気にしてはいなかったが、数年前から似たような体験談がいくつも書き込まれていることがわかった。

「この一ヶ月くらい、部屋が妙に臭くなった。犬の肛門腺《こうもんせん》の臭いや、猫の糞尿《ふんにょう》の臭いがする。夜に寝ていると、布団の上に、猫や犬がのしかかっているような圧迫感がある。椅子にすわっていると、足元を毛むくじゃらの何かが横切ったような感触があり、ぞっとする。もちろん、うちには犬も猫もいない。先日、うちを訪ねた友人が、ハムスターの幽霊らしきものを見たらしい。トイレに入ったところ、天井にびっしりと隙間なくハムスターがはりついていたというのだ。悲鳴をあげてトイレを出て、あらためて確認すると、ハムスターはもういなくなっていたという。怖くなって引っ越しを検討していたところ、本棚の周囲にだけ、動物の足跡みたいなものがついていることに気づいた。本棚に入っている本をすべて処分したら、部屋の臭いはとれて、変な出来事も起こらなくなった。たぶん、本棚に入っていた本のどれかが、呪われていたんだろうなと思う」

本と動物霊という組み合わせの体験談が、何故か多い。最初にだれかがその組み合わせでオリジナルのエピソードを作り、それを参考に他のだれかが模倣しているだけなのだろうか。あるいは、動物霊の取り憑いた本が実在し、そうと知らずに古本屋で売り買いされ、各地を移動しながら持ち主を苦しめているのだろうか。しかし、新品の本を書店で購入した者も、霊障を体験している。一冊の本が転々と持ち主の手を渡り歩いているわけではなさそうだ。

そもそも、これらのエピソードは、霊障の原因が本であると突き止められた者たちばかりだ。実際はもっと多くの者が動物霊に苦しめられているが、その理由が本であると気づいていない可能性だってある。

私はこの謎を解明するため、行動を起こすことにした。原因不明の動物霊に困っている人々を心配したわけではない。何か小説のネタに使えるんじゃないかと期待してのことである。

まずは、寄せられた二通のお手紙の差出人に返事を書いた。いつも私の小説を読んでくれていることへのお礼、そして動物霊のエピソードを教えてくれたことへの感謝を記す。それから、霊障の原因となった本について質問してみた。

十日ほどが過ぎて、私の元に両者からメールが届いた。二人の回答によると、両者が購入した本は、それぞれ別のタイトルだったようだ。しかし、おどろくべきことに、どちらも同じ人物が執筆したファンタジー小説であることが判明する。作者の名前はK。現在、二十代後半の男性作家のようだ。霊障に悩まされていた二人が、口裏をあわせてKという名前を出したのでなければ、このような偶然などありえない。

Kとは、一体どのような作家だろう？　その名前を見てもすぐにはぴんとこなかった。しかし、ネットで経歴を調べはじめて、すぐに思い出す。ああ、あのK先生か！　と、懐かしい気持ちになった。

Kがまだ十代の頃、私は出版社のパーティで彼に会っていたのだ。当時、Kはホラー小説の新人賞で入賞した直後だった。三冊ほど小説を出版して、すぐに名前を聞かなくなり、存在を忘れてしまっていた。私の知らない間にホラーの執筆をやめて、作風をファンタジー路線に転向していたらしい。

私は興味本位から、彼の本をネットで注文しようとしたが、すべて絶版だった。彼の著作に寄せられているレビューは軒並み低評価だ。売れ行きが芳しくないため、重版もかからず、電子書籍としても販売されていないらしい。しかたなく、中古で販売されているものを探し、取り寄せることにした。

Kという作家が現れたのは、十数年前のことだった。彼は都内の高校に通いながら、家族や友人にも知られないまま小説を書き上げ、ホラー小説の新人賞に投稿し、入選を勝ち取ったのである。話の筋は粗く、唐突な箇所があり、未熟さがあった。ただし、異様な迫力が垣間《かいま》見えるとのことで、選考委員に評価され、すべりこみで賞をもらえたという印象だ。

彼のデビュー作の題名は『キ』。【危険】や【禁忌】という言葉から【キ】という音を抜きとって題名にしたそうである。

当時、私も一応は目を通してみたが、残酷描写のすさまじさに吐き気をもよおした。この作者は人体損壊に興味があるのだろう、ということが文章からわかった。数ページ前まで台詞《せりふ》を口にしていた女性や子どもたちが、いともたやすく肉塊にされ、皮膚をはがされ、道端に内臓をぶちまける。生命の尊厳もなく、登場人物たちはあっけなく作中で死ぬ。アンチモラルを体現したかのような内容だった。

小説『キ』の主人公は、名前のない青年である。彼は衝動的に人を殺し、警察の捜査から逃れるために旅をする。行く先々で犯罪を重ね、金品を奪い、隠れて暮らす。やがて主人公は、芸術に興味を抱くようになり、血液を使って絵を描き始める。殺したばかりの人体の傷口に指をつっこみ、指先に付着した血を、拾ったスケッチブックになすりつけて心象風景を描くのだ。いつしか主人公は、生きるために殺すのではなく、絵を描くために人を殺すようになる。主人公にとって人間とは、赤いインクの詰まったインク瓶でしかないのだ。

『キ』を読んだ者は全員、作者の精神の異常性を心配したことだろう。この十代の作者は近いうちに少年犯罪を起こすのではないか、と。

だからこそ、出版社のパーティで好青年を紹介された時はおどろいた。

「はじめまして。この度、作家デビューさせていただいたKという者です。お会いできて光栄です。以前から先生の著作は読ませていただいてます。どうやったらあんな展開を思いつけるのでしょう。ぜひ、ご教示ください」

担当編集者によって引き合わされたKという十代の作家は、礼儀正しい振る舞いをする、きちんとした人物だった。人の多い場所ではいつもおどおどしている私などよりも、ずっと場馴《ばな》れした印象で初対面の作家たちと交流していた。顔立ちも良く、スタイルもすらりとしており、清潔感があった。クラスの中心にいるような優等生タイプである。この好青年が、あんな小説を？　と、頭が混乱しそうになったのは事実だ。

私がKに会ったのは、その一度きりである。連絡先を交換しておらず、交流のないまま年月が過ぎた。

そして現在。中古で購入した彼の全作品が届いた。

全部で五冊。出版された順に並べてみる。


『キ』

『包』

『吐き気』


この三冊がホラー作家時代に書かれたものだ。どれも気が滅入《めい》るような猟奇趣味満載の内容である。その後、彼はファンタジーに転向し、次の二冊を刊行している。

『花のしずくのファンタジー』
『きみとぼくはともだち』

あらすじだけさっとながめてみたが、彼特有のスプラッター的な胸糞《むなくそ》悪い展開はなさそうだ。少年少女に安心して推薦できそうな内容に仕上がっている。どのような心境の変化があったのだろう。別の人間が書いたのではと疑ってしまうほど極端に作風が違っている。

ちなみに、動物霊に悩まされていた二人の読者が購入したのは、それぞれ『花のしずくのファンタジー』と『きみとぼくはともだち』である。これは少々、意外だった。霊が取り憑くならホラー作品の方が似合っているように思うが、実際は健全なファンタジー小説の方に霊障の原因があることが疑われる。

それにしても、物質としての本ではなく、小説そのものに動物霊が取り憑くなどということが、ありえるのだろうか。動物たちは、文字の連なりの、どの部分にしがみついているのだろう。それが紙に印刷され、複数の本になった時、小説に取り憑いていた動物霊たちも複数に増えたのだろうか。あるいは、小説自体に取り憑いているというよりも、周辺に存在する動物霊たちが招き寄せられているのだろうか。

私はソファーでくつろぎながら、Ｋの本をぱらぱらとめくってみた。

ふと、どこかで犬の声がする。

ベランダに出て路地を見下ろすと、犬を散歩させている人がいた。先ほどの声は、その犬が発したものだったらしいとわかって、胸をなでおろす。

二

都心からすこし外れた場所にある大学を訪ねた。カフェテリアで待ち合わせをしていると、大学で事務員をしているというIさんが現れる。Iさんは三十代半ばの女性で、だれもが振り返るような美しい容姿をしていた。華奢《きゃしゃ》で仕草に品があり、長い髪の毛を後ろで編んでいる様は、中世ヨーロッパの絵画から出てきたかのような、ゴシックな雰囲気を感じさせた。

私は彼女に見覚えがあり、そのことを聞いてみる。

「前に一度、会ってますよね？」

「はい、出版社のパーティでご挨拶《あいさつ》させていただきました」

彼女は以前、フリーの編集者として出版社で働いていたのである。文芸の作家を何人か担当し、小説の出版に携わっていた。彼女の担当した作家の一人がKである。彼の著作『キ』『包』『吐き気』に彼女は関わっていた。

Kについて調べ始めた私は、何人かの編集者に聞き込みをして、当時の担当だったIさんのことを知った。彼女の連絡先を入手し、仕事の合間に会って話を聞かせていただけることになったのだ。最近の出版業界や、共通の知人である編集者の話など、軽く雑談をする。それから本題に入った。Kという作家について話を聞かせてほしい。そのことは事前にメールでも伝えておいた。

彼女はカフェテリアの珈琲《コーヒー》カップに唇をつける。長いまつげに色気があった。一息つくと、彼女は硬い表情で話しはじめた。

「K先生の担当についたとき、私はまだ新人で、右も左もわからない時期でした。編集長の指示で、彼の担当をするように言われたんです」

十数年前、彼女は二十代前半だった。

作家の担当をするのは、はじめてだったという。

「K先生にお会いする前、新人賞で入選になった『キ』の原稿を読みました。あまりの内容に、途中で何度も休憩をはさんで、トイレで嘔吐《えず》かなくてはいけませんでした。あんなに人が、無残に殺されている小説を、それまで読んだことがなかったんです。でも、充満する血臭のむこうに、どこか物悲しいような、美しいような、そういう情緒がありました。そういう部分が評価されて受賞したのだろうなと納得しました。ただ、正常な倫理観の持ち主が書いたとは思えなかった。だから私は、K先生にお会いするのが、怖かったんです」

Kが『キ』の原稿を執筆したのは十七歳。

Iさんが担当についたのは、彼が高校三年生に進学した時期だったという。

「窓から満開の桜が見えるような、公園のそばのカフェで、私はK先生とはじめて対面しました。彼に会って拍子抜けしました。そこにいたのは、血と臓物に彩られた『キ』の世界観とは正反対の少年でしたから。まるで少女漫画の主人公が恋をする相手のような、さわやかで、端整な顔立ちの男の子でした。話し方もまともで、笑顔はかわいらしく、きっと同級生の中には、ほのかな恋心を抱いていた子もいたでしょう。テーブルで向かい合って話をしていても、目の前の少年が『キ』を執筆したのだとは思えなかった。彼の頭の中から、常軌を逸した嗜虐《しぎゃく》的な文章が生み出されたことを信じることができなかったんです。だから私は、彼に聞いたんです。本当に『キ』は、あなたが書いたんですか、って……」

Kは微笑みをうかべて、彼女に言ったという。

「もちろん。あれは僕が書きました。今までずっと、家族にも、友だちにも秘密にしていたことなんですが、ああいう妄想をするのが得意なんです。みんなにおどろかれるのが嫌で、あのような嗜好を伏せて暮らしていたんです」

Kは頭が良く、成績は抜群で、運動能力も高かった。品行方正で教師からの信頼も厚く、中学高校では学級委員を務めた。クラスメイトは彼を慕い、仲の良い友人も大勢いた。しかし彼らは誰一人として、Kが頭の中で残虐な妄想を広げていることを知らなかったのだ。

「今まで、だれにも打ち明けることはできませんでした。嫌われるのは、わかっていたし。知られないように必死で努力していたんです。でも、もういいんです。僕は『キ』で書いたような、ああいう世界観が好きなんです。人が無残に殺されるシチュエーションを考えて一日を過ごしているんです。妄想を作品という形で、定期的に頭の中から出しておきたかった。創作をすることによって、自分の客観性を保っているんです。現実と妄想の境界を定めているわけです。それができないでいると、妄想が膨らみすぎて、頭がパンクしてしまい、それこそ犯罪を起こしてしまいそうな気がして……。作品にすることで、すっと頭の中から抜けていくような感じがあるんです。『キ』が出版されれば、僕の嗜好は家族や友人にばれてしまうかもしれない。だけど、もう、かまいません。高校を卒業するタイミングで、人間関係を一度、リセットしようと思っています。『キ』を読んで、僕の本性を知った友人たちは、僕の前から去っていくことでしょう。でも、いいんです。ああ、すっきりしました。僕は今まで、こういう話を、だれともしたことがなかったから……」

Iさんと Kの初対面はなごやかに終わった。その後も良好な関係で仕事をすることができたという。

Iさんは出版前の『キ』の原稿を、吐き気に耐えながら読み返し、修正の意見を提案した。Kの持ち味となる嗜虐趣味を損ねることなく、読みやすさを獲得し、ストーリーにテンポを与えるアイデア出しをした。Kはそれらの提案に耳をかたむけて、地道な修正作業をくりかえした。その態度は真面目そのもので、Kが真摯《しんし》に小説という創作物と向き合っていることがわかったという。

「私はK先生の書く物語が、決して、好きだったとは言えません。生命の尊厳があれほど軽んじられている文章はありませんから。登場人物が、肉体的にも精神的にも追い込まれ、苦痛に泣き叫び、絶望し、心をへし折られていく。何の罪もない人々、男性も女性も、老人も子どもも、切り刻まれ、すり潰《つぶ》され、理性を失っていく。その様を、まるで虫かごの昆虫を観察するかのように、書きながら楽しんでいるK先生がいる。そういう彼の視点が文章から感じられました。でも、私は彼本人に対して嫌悪感を抱いてはいませんでした。彼は常識をわきまえていましたし、会話をしていても苦痛ではなかった。世の中には、一緒にいることが嫌になるような小説家がたくさんいるんです。ひどいセクハラをしたり、平気で暴言を放ったりする小説家たちにくらべたら、K先生は良識がある方です。そういう風に、良識人のふりをして、内面を覆い隠していただけなのかもしれませんが……。そういえば、当時、こんなことがありました」

Iさんは、懐かしそうに表情をやわらかくする。

「K先生の学校終わりに、ファミレスで打ち合わせをしたんです。修正したゲラを受け取って、すこしだけ仕事の話をして、彼は帰っていきました。私はそのままのこって仕事をしていたのですが、K先生と同じ高校の制服を着た女の子がやってきて、私にコップの水を浴びせかけて、逃げていったんです。もしかしたらあの子は、学校で彼に思いを寄せていた女子生徒だったのかもしれない。私と彼が一緒にいるところを目撃して、恋人か何かだと勘違いされたのかもしれない。真実はわかりません。彼にも報告はしませんでした。もしも、あの女子生徒が、私たちの会話に耳をそばだてていたら、誤解などされなかったでしょう。なぜなら私たちの会話の大半が、『キ』の内容に関することでしたから。血と臓物にまみれた残忍な話をしていたのに、恋人だと勘違いをされるなんて……」

小説『キ』は夏に出版された。

高校生作家のデビュー作ということもあり、読書家の間でも関心は高かった。しかし内容の極端な猟奇性から評価は分かれ、否定的な反応を示した何割かは途中で読むのをやめてゴミ箱に放り込んだという。

Kの家族や友人たちは、どのような反応だったのだろう。

「刊行からしばらくの間、K先生は元気のない状態が続きました。最初のうち小説家デビューしたことを周囲にだまっていたようですが、何かのきっかけで広まってしまったようですね。親御さんには受賞の際に話していたそうですから、そこから近所に噂が伝わったのでしょう。周囲の人たちの戸惑いはすさまじかったようです。本を読まれたお母さんは、初対面の時の私と同じ質問をしたようです。本当にこれはあなたが書いたのか、だれか別の人が書いたんじゃないのか、と。お母さんは、信じたくなかったのでしょう、『キ』を執筆したのが自分の息子だということを」

Kは母親と祖父母との四人暮らしである。父親は小学生の時に事故で他界したという。Iさんの話によれば、Kの父親は大学の講師で、文学を教えていたそうだ。書斎にはたくさんの小説が並んでおり、Kが小説家を目指したのは父親の影響もあったのではないかと想像できる。

「『キ』の出版から、十数年が経っているんですね……。だけど今もおぼえています。編集者として駆け出しの頃でしたから、より鮮烈に記憶にのこっているのでしょう。K先生の通っていた高校の最寄り駅で、制服を着た彼と、放課後にファミレスのドリンクバーを飲みながら二作目の相談をしました。窓から夕日が差し込んで店内が赤色に染まっていました。K先生は二作目にどんなものを書けばいいのかと悩んでいました。彼はアイデアを書き留めるノートを持っており、思いついた物語の萌芽《ほうが》を記録していました。それを読ませてもらったのですが、ひどいものでした。書かれていたのは情景の断片であり、単体では意味をなさない文章でしたが、それだけでも吐き気をもよおすほどの邪悪さが感じられました。いかに人間を苦しめ、孤立させ、虐げて苦痛を与えるのか、その方法がいくつも書き連ねられていたのです」

二作目の小説は新人作家にとっての最初のハードルである。二作目で良いものが書けず失望されれば、一作目は、まぐれだったという烙印《らくいん》を押されてしまう。プレッシャーを感じてしまい、書きあぐねたまま一作きりでフェードアウトしてしまう作家もいるほどだ。

Kの二作目は『包』という作品である。中古本を取り寄せた際、私はこの作品にも目を通しておいた。彼の小説によれば、包という漢字は、人間が妊娠している様を表しているという説があるらしい。

勹のパーツが、人を表している。

己のパーツは、巳からの変形で、胎児を意味している。

つまり、母親のお腹に胎児がつつまれている様が「包」なのだ。

「小説『包』には、妊婦の腹を裂いて、胎児を取り出す場面がくり返し出てきます。執筆当時、K先生はお母さんとの関係に悩んでいたようですね。お母さんはそれまでずっと、息子が心優しい優等生であることを信じて育ててきたんです。その内面に猟奇的な嗜好があるなどと想像もしていなかった。K先生はひたすらにそのことを隠して、無垢《むく》な少年を演じていたようですから。『キ』の出版をきっかけに、K先生は隠すのをやめた。そのことでお母さんと軋轢《あつれき》が生じてしまったわけです。『包』の中でくり返し描かれる、妊婦の腹を裂く描写には、お母さんとの決別という意味があったのかもしれません」

母親はKが猟奇的な小説を書くことを良しとしなかった。Iさんのいる編集部にも苦情の電話がきたという。電話を受けたのはIさんではなく別の編集者だったそうだが、「息子にもう小説を書かせないでほしい」とお願いされたらしい。

ちなみに高校三年生のKは、小説『包』の執筆をしながら大学の受験勉強をしていたようだ。元々、頭の良かった彼にとって、執筆と勉強を並行することは、それほど苦ではなかったのかもしれない。彼は都内の大学に合格し、高校卒業後、親元を離れて、一人暮らしをはじめたという。

「『包』の出版がちょうどその時期でした。書店に並んでいる様子を二人で確認して、それから引っ越し先のアパート探しを手伝ったんです」

電車の乗換なしで出版社に行ける路線にKは部屋を借りた。Iさんは保証人として名前を貸したという。

「小説一本で生計がたてられるかどうか微妙な状態でした。『キ』の重版もかかっておらず、『包』もどれだけ売れるかわからない。三作目を出せるかどうかも不明でした。だから彼は、大学を卒業したら、就職することも視野に入れていたようです」

Kにとって、自作の猟奇小説を家族や友人に読まれることは、それまで秘匿していた自分の内面をさらけ出すことだった。それはカミングアウトであり、高校生の彼にとって、どんなに真剣な決断だったか想像もつかない。しかし、彼の周囲の者たちは、それを理解しなかったようである。

「ある日のことでした。カフェでK先生と打ち合わせをした後、彼とわかれ、私は一度、出版社へもどることにしました。駅まで近道しようと、裏路地を歩いていたんです。その時、私の後をついてくる足音がありました。振り返ると、若い男女が数名、走って近づいてくるのが見えました。彼らは、おどろいている私を取り囲み、憎しみのこもった目を向けてきました。異様な状況でした。恐怖で足がすくみ、声を出すこともできませんでした」

彼らは、中高生時代のKの友人だった。Kと親しい関係を築き、苦しい学校生活の中で幾度も彼に助けられ、ほとんど崇拝するかのように彼を慕っていたクラスメイトたちである。

彼らは、Kが『キ』のような残酷な小説を自ら好んで書いているなどと信じられず、出版社が無理矢理に書かせているのだと思いこんでいたらしい。何をどう考えればそのような思考に陥ってしまうのか理解できないが、彼らにとってはそう結論づけたくなるほど、Kの演じていた人物像と小説の内容に乖離《かいり》があったのだろう。

「彼らは私を、口々に汚い言葉で罵《ののし》りました。私たち出版社が『キ』や『包』を刊行したせいで、彼の人格が穢《けが》されているのだと、彼らは憤っていました。私は彼らの中に、ある種の信仰のようなものを感じました。彼らはK先生のことを心から慕い、愛していたのでしょう。彼らの中にいるK先生は、心が清らかな存在だったのです」

彼らはKの内面にあった闇の部分を見ようとしなかった。『キ』や『包』はだれか別の人間によって無理矢理に書かされたものだと信じたかったのだ。Kが本性を隠すために演じていた、清廉な優等生としての人格の方を、彼らは求めていた。

「幸いなことに乱暴はされず、怪我をするようなこともありませんでした。通行人が来たら、彼らは逃げて行きました。でも、憎しみのこもった冷酷な目は、今でもおぼえています。それ以来、打ち合わせをする時は、できるだけ出版社の会議室を使うようになりました」

彼女は長く息を吐き出した。

私は腕時計を確認する。そろそろIさんの休憩時間が終了する。彼女は大学の事務の仕事に戻らなくてはならない。話の続きはまた後日、聞かせていただくことになった。私にはまだ、Kに関して知りたいことがある。どうして彼はホラーからファンタジーへ極端な作風の転向をしたのか、彼の小説と動物霊の関係についてなどだ。

カフェテリアを出たところで、Iさんがつぶやいた。

「彼は今、どこで何をしているのでしょう。今でもよく、彼のことを思い出すんです……」

三

世界的なウイルスの流行により、担当編集者とリモートで打ち合わせをすることが多くなった。書斎のパソコン画面に映し出された担当編集者と、今後の原稿の進め方について相談をする。私は売れっ子ではないが、いくつかの仕事を同時にこなしており、締め切りの日程が重ならないように分散させる必要があった。

「そういえば、Kという作家のことを調べてるんです。ご存じですか？」

雑談になった際、担当編集者に聞いてみた。

「いましたね、そんな人」

「今もいますよ、ファンタジー小説を書いているみたいです。連絡先をご存じであれば、教えてもらうつもりだったんですが」

Kの連絡先を知る者が見つかっていない。Kのファンタジー小説を刊行した出版社も、現在はつぶれており、本に記載されていた電話番号にかけてみてもつながらなかった。最後の著作が出版されてまだ数年しかたっていない。年齢を考えてもKはまだ若く、引退してはいないだろう。どこかで小説を書きながらひっそりと暮らしているのではないか。

「大昔、パーティでご挨拶をしただけで、その後、交流はなかったですから」

「彼、ちゃんとした青年でしたよね」

「パーティではジュースを飲んでいました。十代でしたからね。でも、小説の話をした時、やっぱりこの人、変なセンスをもってるなって思いましたよ」

「変なセンス？」と、私は聞き返す。

「小説というのは潰れた虫だ、って彼が言ったんです。K先生には、小説が潰れた虫に見えているそうなんです。ほら、小説って、紙に印刷された文字の連なりじゃないですか。印刷されているひらがなや漢字の一文字ずつが、指で小さな虫を押し潰した時の、黒い染みに見えるそうなんです。だから自分にとっては、小説って、虫を一匹ずつ、潰して、潰して、潰して、潰して、文字の染みにして、繋《つな》げているような作業なんだって、おっしゃっていました」

「なるほど、意味はわかりませんが、気持ち悪いですね。いい意味で」

「でしょう。だから、うれしくなりましたよ。この人は本物だって」

非常識な価値観を持った人間は、常識の殻を打ち砕くような作品を創作することがある。いや、そもそもの話、世間一般の常識を窮屈に感じ、生きづらくてはみだしてしまった者たちの、最後にすがりつく場所が小説なのかもしれないが。作家という仕事は、社会不適合者でもなれる職業だ。小説というものは、元手がかからず、紙と筆記具さえあれば始められる。内面の鬱《うっ》屈《くっ》を作品という形で吐き出すことにより、自分の中にあるものが整理される。良いことずくめだ。

Kも生きづらさを感じていたのだろうか。猟奇的な妄想を趣味とする本性と、品行方正な優等生という演技との間で、窮屈な思いをしていたのではないかと想像する。

しかし、小説が、虫を潰した染みの連なりとは恐れ入る。Kの中では、一文字をタイプするごとに、虫の一匹が命を潰されているように見えているのだろうか。命と引き換えに文字はこの世に生まれ、小説が紡がれる。それが、彼の中にある執筆のイメージなのだろうか。

リモート打ち合わせを終えて、パソコンの前をはなれた。

リビングに移動し、室内の臭いをチェックした。特に臭くはない。普通だ。犬や猫の糞尿の臭いは漂っていない。次に、セットしておいた録画機器の記録映像を確認する。早送りをしてみたが、動物霊らしきものは確認できない。

テーブルの上に、Kの著作をならべて置いていた。その周辺に犬や猫やハムスターなどの足跡がないかを確認したが見当たらない。

Kの著作を手元に置くことで霊障が引き起こされるはずだった。しかし今のところそれらしいものが発生していない。今朝、ゴミ出しのために部屋を出た時、隣人に遭遇したので、それとなく聞いてみた。私の部屋から動物の駆け回る足音や、鳴き声が聞こえないかと。しかし隣人は、どうしてそんなことを聞くのかと、怪訝《けげん》な顔をするばかりだった。それらしい足音や鳴き声はしていないらしい。

私は霊障体験をエッセイか小説のネタにするつもりでいた。すこし怖くはあったが、本当に霊障が起きたとしても、今回は原因がはっきりしている。ネタとして霊障を体験できたなら、すぐさまKの著作を捨てればいい。

しかし、霊というものは、待っている人のところには、なかなか現れないものだ。Kの小説をめくってみても、動物の臭いなどしなかった。霊障に遭遇しやすい人と、しない人とがいるのかもしれない。

支度をして、マンションを出た。外は雨が降ってきそうな曇天だった。とある喫茶店でIさんに会い、話の続きを聞かせてもらう約束をしていたのだ。

×　×　×

K先生が大学二年生の時、三冊目の小説『吐き気』が完成しました。ちょうど彼が二十歳になったばかりの頃です。執筆はずいぶん難航したようです。彼の中に小説を書くことへの意欲はあったのですが、度々、周囲からの邪魔が入っていたみたいで……。ご家族や、ご友人たちが、K先生に小説の執筆をさせないようにと、行動しはじめたのです。

K先生がファミレスでノートパソコンを広げて、執筆をしようとしたら、かならずご友人がやってきて話しかけるようになったそうなんです。彼らは、執筆なんてやめて、どこかへ出かけようと誘ってきたそうです。

一人暮らしのアパートで、小説を書こうとしたら、母親や親類や友人が訪ねてきたそうです。彼らはK先生の部屋の掃除をしたり、料理を作ったりしてくれるのですが、常に話しかけてくるので執筆などできなかったそうです。

彼らは、K先生の執筆の時間を奪おうとしていたのです。K先生が部屋で執筆しようとしたタイミングで、彼らが部屋を訪ねることができたのはなぜでしょう。もしかしたら、だれかがK先生の部屋の窓を、離れた場所から望遠鏡で確認していたのかもしれません。K先生がパソコンと向き合ったら、だれかが部屋を訪ねるというシステムが出来上がっていたのでしょうか。K先生の家族や親戚《しんせき》、かつてのクラスメイトたちは、それぞれに連絡をとりあい、いつの間にか結託するようになっていたようです。彼らにとってK先生は、出版社によって残酷な小説を書かされている被害者として映っていたのでしょう。それを救うための集団が形成されていたのです。

当時、K先生との打ち合わせは会社の会議室で行っていました。打ち合わせの後、私が会社を出ると、かならずといっていいほどK先生の関係者が外にいたのをおぼえています。彼らは特に危害をくわえてこなかったし、何も言ってはこないのですが、いつも非難するような目で私を見ていました。

K先生が、すまなそうにおっしゃっていました。

「母や友人は、人が死ぬようなタイプの小説に、あまり触れたことがないんです。そもそも、小説というものを読む機会がほとんどなかったのかもしれない。小学生の道徳の授業で読むような物語しか読んだことがないんです。だから余計に、僕の作品が怖かったのでしょうね。それを書いた僕が、急に理解のできない化け物になったみたいで動揺しているんです」

当時、大学の自習室で小説を書くこともあったようですが、かつてのクラスメイトが大学構内に侵入し、Ｋ先生が離席した隙にノートパソコンのデータを消したこともあったようです。さすがにＫ先生も家族や友人に抗議をしたようですが、効果はなかったみたいです。彼らにとっては、Ｋ先生の方が、間違った道を歩んでいることになっていましたから。彼らの中では、出版社がＫ先生を騙《だま》して小説を書かせていることになっていました。出版社によって彼は、洗脳されているのだと……。

執筆の邪魔をすることは、彼らにとって、Ｋ先生にかけられた洗脳を解くための努力でもあったのです。彼らはＫ先生の魂が、無垢で清らかなものであると、信じて疑わなかったのです。

「あなたはそういう人間じゃなかったはず」

と、Ｋ先生にいつも言い聞かせていたようです。

「あんな恐ろしい文章を書くような人間じゃなかったはず」

「前のあなたにもどって」

「今のあなたは、本当のあなたじゃない」

それでもＫ先生は、執筆への熱意を失いませんでした。トイレの個室にノートパソコンを持ち込んで執筆したり、データを勝手に消されないようにダミーのノートパソコンを持ち運んだりもしていました。

三冊目の小説『吐き気』には、当時の彼の状況がにじみ出ているような気がします。

主人公は、二十代の青年です。彼の家族が新興宗教にのめりこむ場面から物語はスタートします。彼は家族とともに、新興宗教団体が理想を掲げて作る村へと引っ越して、社会から隔絶された場所で暮らすことになるんです。でも、その村では凄惨《せいさん》なリンチ殺人が行われていました。

定期的に、人が拉致《らち》されてくるんです。新興宗教団体を非難する記事を書いたライター、マスコミに不利益な情報を渡した元信者などが、目隠しをして連れてこられ、この世のものとは思えない拷問を受けて殺害されます。村に住んでいる者も、教義に疑問を持つような発言をした場合、消されます。

主人公は、リンチ殺人の手伝いをまかされるようになるのです。しかし、主人公は教義を心から信じてはいません。そのことを気づかれないように振る舞い、連れてこられた人々に地獄のような苦痛を与えなければならない。そこに主人公の葛藤《かっとう》が生まれるんです。

教義を信じる者たちにとって、拷問は正義です。すこしも心は痛まない。

だけど主人公は教義を信じてはいない。拷問する行為が内心ではおそろしく、吐き気を常にこらえている。

平気なふりをしていなければ、教義を信じていないと見なされ、今度は自分が拷問される側になってしまう……。

周囲の者たちの信じる価値観と、自分の内面との齟齬《そご》に苦しむ主人公は、K先生の状況を想像させます。

拷問の描写は、人間の想像力の限界を超えるほどすさまじかった。拷問部屋の壁や床に飛び散った血、そこから立ち上る臭気まで読者は明確に想像できるでしょう。おぞましさをこらえながら、私は彼の文章を校正しました。本が完成した後も、作中の被害者たちのすすり泣く声、許しを請う声、苦痛による絶叫が、いつまでも耳の奥にこびりついて、こだまとなって聞こえてきたものです。

売れ行きは良くありませんでした。しかし、一部の熱狂的な愛好家が生まれていたのは確かです。K先生の作風は、大勢の読者を楽しませるタイプのものではありません。でも、特定の読者から絶大な信頼感を得ていたのです。読み返している時、もしかしたら彼の小説は、芸術の範疇《はんちゅう》にあるのかもしれないと思える瞬間が何度かありました。残酷さや猟奇性の向こう側に、ある種の美が垣間見えるような……。絶望の奥に、本当の人間性のきらめきが見つけられるような……。そういう小説だったような気がするんです。だから、K先生の作風が急に変わってしまったことが、私は悲しくてしかたないんです。

彼の執筆したホラー小説は三冊のみです。増えることはありません。今後、彼が猟奇的な内容の物語を書くことはないのです。そうさせる出来事が、彼の身に起きましたから……。

×　×　×

喫茶店の店内はオレンジ色の照明で彩られており、Iさんの白い頬を染めていた。彼女はどこか緊張をはらんでいるように見える。表情が硬く、視線は常に珈琲カップの中の黒い液体へと向けられていた。

『吐き気』の刊行からしばらくして、急にK先生と連絡がとれなくなりました。電話やメールにも無反応で、心配になってアパートを訪ねてみたのですが、部屋はすでに退去済みだったんです。突然のことだったので、何らかの事件に巻き込まれたんじゃないかと心配になりました。ですが、通っていた大学に連絡してみると、K先生の親族からの連絡で、休学扱いになっているとのことでした。彼が姿を消したのは、彼の親族の手引によるものだったのです。ご実家に探りを入れてみると、K先生は親戚の別荘でしばらくの間、暮らすことになったとだけ教えていただきました。それから、もう連絡はしないでほしいと……」

　後に判明したことだが、Kは大学からの帰り道に、親族の運転するバンに連れ込まれ、そのまま遠方の土地へと運ばれていったという。

「K先生の連れて行かれた別荘は、とある湖の畔《ほとり》にありました。外に出ることはできず、部屋の窓から、湖に立ち込める霧を眺めることしかできなかったと聞いています。親族の方が入れ替わりでそこに来て、K先生が逃げ出さないように見張っていたそうです。私はそのことを、後にK先生本人の口から聞きました。監禁生活は半年ほど続きました。解放された後、再び連絡がとれるようになったんです。出版社に来て、話をしてくださいました。でも、半年間の別荘での生活が、彼を変えてしまっていたのです」

　以前の彼はスマートな立ち居振る舞いをする青年だった。しかし、監禁生活の後にIさんが会った彼は、髪や服装に乱れがあり、怯えるように周囲を気にしていたという。

「表情もどこか変でした。常にこわばったような笑顔がはりついていて、顔の筋肉がその状態で固定してしまったようにも見えました。それでいて、目はまるで泣いているようで……。彼から、半年間の暮らしについて聞きました」

湖畔の別荘では、小説の執筆が許されなかったという。次回作の構想を練ることも難しく、アイデアを書き留めるための筆記具を持つことも許されなかった。その監禁生活は、彼に猟奇的な小説の執筆をあきらめさせるために実行されたものだったのだ。

別荘の管理をしていたのは親族だが、かつてのクラスメイトたちも入れ替わりで訪れた。全員、Kの作風を良しとしない者たちである。彼らは結託して、Kの残虐趣味を矯正しようとしたのだ。

彼らは、暴力表現が人に与える悪影響について、一日に十数時間もKに語り続けた。彼らは常に複数名いたので、交替で暴力表現の悪を語ることができた。しかしKの方は休憩することが許されず、脳が疲れて朦朧《もうろう》としても逃げ出すことができなかった。意識が遠くなって倒れても、無理矢理に起こされて教育をほどこされたという。

それでも最初のうちは、彼らの語る話に、反論する気力もあったようだ。入浴時や眠る前などに、次回作のことを考えることもできた。

「しばらくして、K先生の食事に、ある種の睡眠薬が混ぜられるようになったようです。彼は眠気におそわれ、正常な判断ができない状態で、暴力表現を害悪とする趣旨の説得を何時間も聞かされたようです。彼らは正義のつもりだったのです。以前のような、猟奇小説など書かなかった頃の彼にもどってほしくて、そのような方法を行使したのです」

Kの目の前で、彼の著作である『キ』『包』『吐き気』が暖炉で燃やされたという。自分の本が炎に包まれる様子を見せられ、彼は何を思っただろう。

半年で監禁状態が終わったというのは、後からわかる情報でしかない。当時のKには、その状態が永久に続くようにも感じられていたはずだ。

「入れ替わりで別荘に来る親族やクラスメイトたちは、K先生に小説の執筆そのものをやめさせようとはしませんでした。彼らが否定したのは、彼の残酷趣味の部分です。そこで彼らは、K先生が書くべき小説のテーマや雰囲気を考えて、彼に提案したようです。それは猟奇的な小説とは正反対の、子どもの教育の助けになるようなタイプのやさしい作風でした。K先生は、自分の小説の方向性を他人が決定することに抵抗しましたが、何ヶ月にも及ぶ教育の後、心が折れてしまったようです」

猟奇的な小説を書いていたKという作家は、湖畔の別荘で殺されてしまったのである。彼の親族と、かつてのクラスメイトたちの努力は、ついに結実したのだ。洗脳まがいの教育により、Kは猟奇的な小説の構想をすることさえできなくなったという。死の気配が漂う残酷な物語を思い浮かべようとすれば、心臓の動悸《どうき》が速くなり、底なしの不安に襲われるようになってしまったらしい。

Kは、暴力表現のある小説をもう二度と書かないと、親族やクラスメイトたちの前で約束させられた。彼らは拍手でKの決断を褒めると、別荘のキッチンから大きなホールのケーキを運んできた。それから、バースデーパーティでも始まったかのように、Kは祝福されたという。

四

K先生と最後にお会いしたのは、三年前のことです……。

出版社を辞めた私のもとに、ある日、彼から電話がかかってきて……。

「旅につきあってくれませんか」

と、言われたんです。

「旅と言っても、日帰りのできる範囲で、すこし遠出をするだけです。執筆のために、行きたい場所があるんです。そこへ行くには、電車より車の方が都合が良いのですが、僕は運転免許を持っていなくて。できればIさんに車を出していただきたいんです」

電話越しに聞く彼の声は、弱々しいものでした。作風を変えた後、すでに二冊のファンタジー小説を出版していましたが、次の作品の執筆がうまくいっていないみたいでした。だから、元気がなかったのでしょう。

　作風が変わって以降、私は彼の本に関わっていません。彼の周囲にいる者たちは、私のいる編集部が『キ』『包』『吐き気』を彼に書かせたと思い込んでいましたから。ファンタジー小説の原稿は、彼の親族の伝手《つて》を通じ、他の出版社へと持ち込みされたようです。

　ある寒い冬の日に、私は彼と、ドライブへ行くことになりました。早朝に待ち合わせ場所まで来てもらい、彼を助手席に乗せて出発しました。彼が他の出版社で本を出すようになり疎遠になっていたので、対面するのは数年ぶりのことでした。私はすでに三十歳を過ぎており、彼は二十代後半になっていました。

最初にお会いした時に感じた、少女漫画の登場人物のようなさわやかさは、すっかり消えていました。K先生の顔には無精髭《ひげ》があり、病人のような弱々しい気配がまとわりついているんです。向精神薬を処方されており、助手席で錠剤を飲んでいました。監禁されて以来、彼はうつや不安感に悩まされていたようです。

私の運転する車は高速道路に入り、都市部を離れ、地方へと向かいました。寒々しい山の風景が、窓の外の大部分を占めていました。目的地は事前に教わっていました。県境にある、湖の畔の避暑地です。とある別荘の住所を、カーナビに入力していました。そこは、彼が監禁されていた湖畔の別荘でした。

K先生にとってその場所は、恐怖の対象となっていたはずですが、そこへ行く必要性を、彼は感じていたようです。

「小説が書けなくて、困っているんです。でも、そこへ行けば、勘が取り戻せるような気がして……」

K先生は、湖畔の別荘で消えてしまったホラー作家としての自分を、捜そうとしているのかもしれない。私はそう理解していました。

車内で私たちは話をしました。私が出版社を辞めた経緯、彼が大学を卒業することなく退学した話など、お互いの近況を報告しました。彼は再び一人暮らしをはじめており、ファンタジー小説の原稿も、一人暮らしの新居で執筆したとのことでした。

ファンタジー路線の二作について、感想を言うのは避けました。それらは陳腐な内容で、死の要素が完全に取り払われた、人畜無害の物語だったからです。しかしそれは、彼の周囲の者たちが望んだ作風だったのです。K先生はもう、そのような物語しか構想することができなくなったのです。

「最近、自分の小説を書いているという気がしないんです。世間の目を気にしながら、他人に気に入られる小説を一生懸命に書いているように思えてならないんです」

K先生は助手席で、困り果てたように顔を覆いました。

「執筆をする時、いつも頭の中で、家族や友人たちが僕を見張っているんです。人が無残に殺されるような小説を書かないように、監視しているんです。そうなってからは、執筆をするのが大変になりました。夢がいっぱいのファンタジーというのは、興味のない方向性だったので、戸惑うことばかりでした。だから、最初のうちは、筆が進みませんでした。ある儀式をすることで、一応は、書けるようになりましたけど……」

山間に美しい湖面が広がりました。やがて前方に木製のロッジ風の建物が見えると、助手席のK先生が、息を飲むのがわかりました。

別荘の敷地で車を停め、私たちは散歩することにしました。

地面はどこも落ち葉に覆われており、足を踏み出すたびに、枯れ葉を踏みしめる音とやわらかい感触がありました。K先生の親族が所有しているという別荘は、湖の景色を一望できる見晴らしのいい場所にありました。中には入らず、外から眺めるだけでした。

K先生はこの旅のことを家族にも話しておらず、別荘の鍵《かぎ》を借りてきてはいなかったのです。でも、たとえ鍵があったとしても、中には足を踏み入れなかったでしょう。

K先生の足は、震えていました。

かつて彼が監禁されていた別荘の横を通り抜け、湖の縁のぎりぎりの場所へ、私たちは行ってみました。

地面の傾斜した先が、水面へとつながっていました。風はなく、湖面は鏡のようになめらかな状態で、畔に並ぶ木々が上下逆さまに映り込んでいました。そのまま湖に向かって進めば、逆さまになった曇り空へと落ちていきそうな場所です。

「閉じ込められていた部屋の窓から、この水辺がいつも見えていたんです。外に出してもらえず、遠くから見ていることしかできなかった」

椅子がわりになりそうな大きめの石があったので、私たちはならんで座り、湖を見つめました。

「Iさんに話さなければいけないことがあるんです」

と、K先生は口を開きました。

「ファンタジー小説を書こうとしても、最初の頃、なかなかうまく書けなかったんです。他人に決められた作風だったという理由もあるでしょう。筆がのらない状態が続いていました。でも、ある時期から、急に書けるようになったんです。きっかけは、部屋に入ってきた虫でした。開け放していた窓から、小さな虫が飛び込んできて、部屋の中を何周かした後、机の上に着地したのです。僕はそいつを、手元にあった本で叩き潰したんです」

潰れた虫の死骸《しがい》が、机の上に残ったそうです。

生命が霧散するのを、K先生は感じたそうです。

「その儚《はかな》さに、僕は感動しました。心の奥の美意識を刺激され、尊いものに触れたような気がしたのです。生命が散る様に立ち会ったことで、沈黙していた僕の大事な感性が、わずかに震え、反応してくれたように思いました。その日、ずっと書けなかった文章を、スムーズに書くことができました。まるで、虫の死骸から漏れ出た生命のエネルギーが、僕の体に吸い込まれて、執筆の力になったかのようでした」

虫を叩き潰したことと、執筆がはかどったこととの間に、因果関係があったのかはわかりません。そのように思えた、という程度の錯覚だったのかもしれない。

しかしK先生は、執筆のため、藁《わら》にもすがる思いだったのでしょう。それをジンクスとして信じてしまったのです。

「僕はそれ以来、小説を書く前に、家の外を散歩するようになりました。散歩中に見つけた虫を、足で踏むんです。靴の裏で、くしゃりと押して、すり潰すんです。虫の体液が路面に広がって、生命のエネルギーのようなものが煙のように立ち上るんです。あくまでもイメージで、実際に見えるわけではありませんが、僕はそれを胸いっぱいに吸い込んで自分の中に取り込むわけです。それをやると、不思議と小説が書けるんです。散歩中に虫が見つけられなかった日は、ペットショップでハムスターを買いました。値段は、千円から二千円程度だったでしょうか。それを公園のベンチで、手の中にぎゅっと握りしめるんです。力をこめていくと、最初は逃げようともがいていたのが、やがて動かなくなるんです。最後には、絞った雑巾《ぞうきん》のようになるんです。それをやると、自分でも不思議ですが、すらすらと執筆がはかどるんです。本物の小説家は、自分の生命力と引き換えに、小説という芸術を生み出していますよね。でも、僕にはそういう才能はないんです。そのかわり、他人の生命力を使って、文章を書く才能があるのかもしれません。死に触れるごとに、生命の儚さに感動して、胸の奥から言葉があふれ出してくるのです」

かつて、彼は言いました。

小説を書くことで、自分の中の妄想と、現実との境界を明確にし、社会性を保っているのだと。

ホラー小説を執筆できなくなった彼は、自己を客観視することが難しくなっていたのでしょうか。自分の思い込みと現実が混濁した状態にあったのではないでしょうか。

「住んでいる場所の近所に野良猫がいました。餌をあげていたから、いつしか、僕にもなつくようになっていました。ある夜、薬を使ってその猫を眠らせ、連れて帰ったんです。浴室に横たえて、僕はその猫の生命を奪いました。虫やハムスターの命をいただいた時よりも執筆がはかどりました。何章分も言葉がつっかえずに文字を打つことができたのです。どうやら、大きな体から回収した生命のエネルギーほど、小説に変換した際の文字数が多くなるみたいです。小さな生き物を殺した時よりも、敬虔《けいけん》で厳粛な気持ちにさせられるのです。大きな生物の死に立ち会うことは、まるで宗教の儀式のように神秘的な体験でした。感動は言葉となり、小説という形式で残るのです」

私は、次第におそろしくなりましたが、それと同時に、彼のことがかわいそうに思いました。彼の話が本当なら、その行いは非難されるべきでしょう。しかし彼もまた被害者なのです。周囲の者たちによって、彼は壊されてしまったんです。

「印税の収入でペットショップに行き、子犬を買いました。自宅へ連れて戻ると、その日のうちに浴室で処置を行いました。住んでいたアパートはペットが禁止の部屋でしたから、何日も先延ばしにすることはできなかったんです。小説が書けなくなると、さらにもう一匹、購入しに行きました。短い期間に何度も同じ店に買いに行くと不審がられる可能性もありましたから、別の店を探さなくてはいけませんでした。僕はそうやって、多くの犬猫の命が霧散する状況に立ち会いました。僕の腕の中で、無数の命が消え、無数の死が生まれたのです」

私はふと、彼のデビュー作である『キ』の内容を思い出しました。作中で主人公が、殺した相手の血液を使用し、絵を描く場面がありました。

デビュー作にはその作家のすべてがつまっている。K先生の内面の奥深くには、最初からそのような衝動があったのではないでしょうか。それを無意識のうちに作品として昇華したのが『キ』だったのです。妄想と現実の境界が曖昧《あいまい》になり、彼はついに最初の作品の内側へと取り込まれてしまったようにも見えました。

「不思議でしょう。以前はそんなことしなくても小説が書けたのに。人がたくさん死ぬ話を書いていた時は、みんなを愛することができていたんです。いえ、今思うと、愛する演技が上手にできていただけかもしれませんが……。僕は社会で何の問題もなく暮らすことができていた。でも、今はちがうんです。書くためには、何かを犠牲にしなくてはいけなくなった。僕が犠牲にしていたものは、動物たちの命でもあり、僕自身の人間性のようなものだったのかもしれません。最初のうちは、恐ろしいことをしているという自覚があったんです。でも、次第に、小説執筆のためだから仕方のない犠牲だと感じるようにもなったのです。かけがえのないものを失うのと引き換えに、ようやく小説というものは書けるのでしょう。僕の場合、人間として正常でいるための、境界の部分を犠牲に捧《ささ》げることで書けているのかもしれません」

淡々とK先生は言いました。ホラー作家としての自分が消えた場所で、彼は私にその告白をしたかったのでしょう。だから旅に誘ったのだ。私は、そう理解しました。

静かな湖が、私たちの前に広がっていました。

弱々しい表情のK先生が、私を見ていました。

まるで、フランケンシュタインの怪物が出てくる、有名な映画の一場面のようでした。湖の畔に、無垢な少女と、死体を寄せ集めて作られた怪物が一緒に佇《たたず》んでいる有名な場面です。

湖畔の空気は冷え、手足の先がじんじんとしびれるほどでした。私は凍えながら、彼のことを哀れみました。

「僕は、迷っているんです」

K先生は、ひどく思いつめた表情をしていました。

この先も犠牲を払いながら小説を書いていくべきか。

それとも、小説など書かずに暮らすべきか。

K先生が迷っていたのは、そういうことなのだと、その時の私は思いました……。

×××

「……何と答えたんです？」

喫茶店で、私はIさんにたずねた。

彼女の顔から血の気が失《う》せており、長いまつげの陰影が頬にゆれていた。西洋の人形のように美しい。湖畔にならんで座っていたKは、彼女の横顔を見つめて、どのような感情を抱いていたのだろう。

「元編集者として、私は彼に言いました。小説なんて、忘れてしまうべきだと。ただ、本当の作家は、忘れようとしても、小説のことを決して忘れられないものだと……。K先生は、すこし困惑した表情で、笑っていました。旅に出て以来、はじめての笑顔でした」

「それから、どうしたんです？」

「……特に何も。体が冷えたので、立ち上がって車に戻り、湖畔の別荘を後にしました。来た道を引き返し、私たちはその日の夕方頃には、再び都内へと帰り着きました。それ以降、K先生とは会っていません。私の方から連絡をとろうと試みたのですが、あの旅の後、電話番号が変わっていたんです。今は、どこに住んでいるのかもわかりません」

私は珈琲を飲もうとして、カップの中が空であることに気づく。長時間、話し込んでいた。そろそろ終わりにすべきだろう。

最後に私は、彼女に質問してみる。

「もしも居場所がわかったなら、彼に会ってみたいと思いますか?」

話を聞きながら、私は想像していた。もしかしたら二人の間には、恋愛感情のようなものがあったのかもしれない。あるいは、彼女が話さなかっただけで、実際はもっと深い関係だったのではないのか。

Iさんは、長い沈黙をはさんだ後、口を開いた。

「お会いするのは、すこし怖いですね。もしかしたらこのままずっと、再会しないほうが良いのかもしれません。というのも、旅からしばらくして、あの日のことを思い出しているうちに、気づいたことがあって……。あの時、湖の畔で私が返答を間違っていたら……。私は今頃、ここには、いなかったかもしれません」

「どういう意味です?」

「あの旅の目的は、K先生が私に、自分の行いを告白することにあったのだと、当時は思い込んでいました。でも、そうじゃなかったのかも……。K先生は、次回作の執筆のために、何かを殺す必要があると感じていたのではないでしょうか。小説のため、執筆のために、何かを……」

Iさんは喫茶店の窓を見る。

Iさん自身の姿がガラスに映り込んでいた。

私たちは、少しの間、無言になる。喫茶店の店内には静かな音楽が流れていた。やがて私は「そろそろ出ましょうか」と提案する。Iさんはうなずいて、立ち上がった。

二人分の支払いをすませて外に出る。周囲は薄暗く、外灯が点《とも》っていた。冷たい空気を肺に取り入れる。まだ日暮れの時間ではないはずだが、分厚い曇り空の向こうに太陽は覆い隠されている。Iさんは、白く透けるような頬を、まだ緊張でこわばらせたままである。

寒そうに肩を震わせながら、彼女は言った。

「いつの日か、彼が小説を書きたくなった時、私の前にふらりと現れるような気がしてなりません。大学の敷地や、町の裏路地を歩いている時、遠くの方に人影が見えると、彼なんじゃないかって思うんです。もし、実際にその時が来たら……、私は殺されて、小説の文章の一部になってしまうのかもしれませんね」

Iさんは、綺麗《きれい》なお辞儀をすると、去っていった。

自宅にもどり、部屋に設置していたカメラの映像記録を確認する。Kの著作を置いたテーブルを中心に、部屋全体が入るような構図で留守中の風景が録画されていた。勝手に本が開いたり、テーブルに猫の足跡ができたり、犬の鳴き声が収録されていたりするといった現象は起きていなかった。

我が家で霊障は発生しなかったが、動物霊の原因らしきエピソードは判明したので良しとしよう。Ｋの著作を所有することで、部屋が犬猫の糞尿の臭いがするようになったり、天井にはりついたハムスターの幻を見るようになったりするのは、彼の小説が動物たちの犠牲の果てに書かれたからにちがいない。

小説が書けない時に行う、おまじないのような行為については興味がある。意識を小説執筆へと向けるための日課というものが作家にはあるものだ。作家というのは変人ばかりだから、中には突飛な儀式を行ってからじゃないと書けないという人もいる。しかし、執筆のために生命を奪うというのは、さすがに初めてだ。Ｋの著作は、これ以上、手元に置いていてはいけない気がした。その日のうちに、私は彼の本を捨てた。

しかし、この件にはちょっとした後日談がある。

出版社に呼び出されて、担当編集者と対面で打ち合わせをする機会があった。最近はパソコン画面を経由しての対話ばかりだったので、会うのは久しぶりだった。

「先生、おかわりありませんか？」

「はい。一応まだ生きています」

雑談を交わし、最近の世界情勢のことや、天気の話などをする。

「家にいる時間が増えると、自分もペットを飼っておけば良かったなって思いますよ。先生のところの猫は元気ですか？」

不意に担当編集者から、そのような質問をされたのだ。

私は、猫なんて飼っていないのだが。

そう答えると、不思議そうな顔をされた。

冗談は言わないでください。

と、担当編集者は言った。

この前、リモートで打ち合わせをしている時、何度も後ろを横切っていたじゃないですか、
と。

小説の怪人

一

X先生の新作がベストセラーになり映画化も決定したと聞くが、それはいつものことだ。私が作家を目指しはじめた時、すでに彼は人気作家として出版界に君臨していた。書店のベストセラーランキングでX先生の作品のタイトルを見ない日はなかった。彼の執筆するジャンルは、日本の闇社会を描いたものや、世界を股《また》にかけた冒険小説、重厚な社会派サスペンス、軽妙なタッチのミステリまで多岐にわたる。どれも一流の完成度で批評家の反応も良く、様々な言語に翻訳されて海外にもファンが多い。

これだけ世間に浸透していると、実際に読んではいなくとも、新作のあらすじくらいは耳に入ってくるものだ。

X先生の新作小説『今日はさよならを言う』の主人公は女刑事らしい。彼女は上司から、ある建物の張り込みを命じられるのだが、そこで意外な人物を目撃してしまう。彼女が目にしたのは、十年前に死んだはずの恋人だった……。

その導入部を知って以降、私は、おちつかない気持ちになった。嫌な予感が胸の中に暗雲のように垂れ込める。『今日はさよならを言う』を読まねばならないと思った。

書店に行くと、一番、目立つ場所で平積みになっていた。購入し、近くの喫茶店で読み始める。ほんの数行で作品世界に取り込まれた。主人公の抱える痛みが、自分の痛みのように思えてくる。物語は読者の予想を適度に裏切り、驚きを演出しながら、ぐいぐいとクライマックスへ引っ張っていく。卓越した技量。小説がうまいというのは、こういうことかと納得させられる。

だが、と私は思う。読み終えて確信した。

私は、小説『今日はさよならを言う』の設定や展開、そして結末を知っていた。

「こんなのはどうかな。感想をちょうだい。まだアイデアの段階なんだけど」

思い出すのは、ノートに書かれた文章の羅列だ。まだ小説という形になる以前の、物語の萌《ほう》芽《が》とも呼べる文章の断片。私を見るAさんの顔。彼女は同期の新人小説家だった。

「主人公は女刑事で、上司に命じられて、ある建物の張り込みをするんだけど……」

彼女がこれから書こうとしていた物語。だけど結局、書かれなかった物語。日々の仕事に追われ、今まですっかり彼女のことを忘れていた。

Aさんがアイデアを書き留めたノートを見せてくれたのは、まだ彼女が作家同士の集まりに顔を出していた頃だから、二十年以上も前のことだ。私たちはお互いに若く、運良く作家デビューできたものの、出版業界で暮らしていけるのか不安で仕方なかった。新人作家同士で交流し、情報交換し、お互いにどんなものを書こうとしているのかを探り合った。そんな時、彼女は私にだけ、創作ノートを見せてくれた。

「私、登場人物の名前を考えるのが苦手なんだよね。何か良い案ない？」

私はその場で咄嗟《とっさ》に思いついた名前を口にする。

「いいね、それ。不思議な語感だし、儚《はかな》い印象があって、素敵。それに決めた」

Aさんは、私の考案した名前をノートに書き留めた。

X先生の新作小説の内容は、大昔、Aさんから聞かされた小説のアイデアに酷似していた。X先生がAさんのアイデアを、何らかの形で入手し、採用したのは疑いようがない。小説『今日はさよならを言う』の主人公が目撃する、死んだはずの恋人の名前。それは、若い頃の私が、Aさんに提案した名前だった。

× × ×

X先生はマスコミへの露出が多く、ダンディズムを体現したような外見はよく知られている。

たとえ著作を読んだことはなくとも、世間の多くの人は彼の写真を見ただけで、小説家のX先生だと回答することができるだろう。現在、五十代後半。俳優のような顔立ちは渋みを増している。直接、お会いして言葉を交わしたことはないが、出版社のパーティで遠くから見かけたことはある。高価そうなスーツに身を包み、大勢の編集者に囲まれてアルコールの入ったグラスを片手に談笑する様は、マフィア映画のワンシーンのようだった。

独身だが、数多《あまた》の女優たちと恋愛関係にあったらしい。X先生の声は低く、まるで父親のような安心感と威厳がある。その声に魅了される女性も多いのだろう。

現在も日本中に愛人がいるようだ。変装し、お忍びで女性と旅行している様が目撃されている。観光地の飲食店に立ち寄り、正体がばれて握手やサインをもとめられると、気軽に応じてくれるという。

豪放磊落《ごうほうらいらく》。その言葉がX先生には似合う。昔、パーティで新人編集者が彼のスーツに飲み物をこぼしてしまった。新人編集者が死にそうな顔で震えていたところ、X先生は大きな口で笑いながら許してくれたそうだ。

「気にするな！　出版界を背負って立つ男だろ!?　これくらいで萎縮《いしゆく》してどうする！」

新人編集者の肩を叩《たた》きながらX先生はそう言ったという。もしも彼の機嫌を損ねていたら、新人編集者は会社をクビになっていたかもしれない。余談だが、後にその新人編集者は雑誌を立ち上げ、若い感性で文芸の世界にムーブメントを起こす。ベテラン編集者になった後も、彼はX先生への感謝と尊敬の念を忘れていないとの話だ。

小説『今日はさよならを言う』が、他の作家の作品であれば、アイデアを盗みやがったなと憤っていただろう。だが、X先生の名前で出版されていることに、「どうして？」という困惑が大きい。何か事情があったのだろうか。そう思うのは、私が心のどこかで彼の人間性を信じていたからだろう。悪い人ではない。そう思いたかったのだ。

X先生の生い立ちについて、あらためて調べてみた。

エッセイ集によると、彼は炭鉱の町で生まれ育ったという。父親は腕力があり、喧嘩《けんか》っ早い人物だったようだ。幼少期、町は賑《にぎ》わっていたが、国内で使用される主なエネルギー資源が石炭から石油へと移り変わると、次第に町から人が消えていった。炭鉱は閉鎖され、彼の父親も職を失い、貧しい少年時代を過ごしたという。

学業の成績は良く、大学への進学を進められたが、それを断って十代の頃から働いた。日雇いの仕事をしながら実家への仕送りを続けたという。父親がその頃亡くなっており、母親の生活を支えたのは彼だった。

一念発起して上京した後は、皿洗いからヤクザの運転手まで、様々な職種を経験した。社会の裏側を観察し、あらゆる人間模様に触れたという。ヤクザの運転手をした時など、本物の拳《けん》銃《じゅう》の発砲音を間近で聞き、漂ってきた硝煙の臭いに怯《おび》えたそうだ。

二十代半ばのある日、彼は夜の町で喧嘩に巻き込まれ、全治二週間の怪我を負う。自宅療養中、暇つぶしにヤクザ小説を書きはじめたところ、自分の才能に気づいた。次から次へと場面が頭の中に浮かび、文章が湧き出して止まらなくなった。ワープロもパソコンも持っていなかったので、ノートに鉛筆で執筆したという。彼はそのノートを出版社に送りつけたが、あまりの字の汚さに読んではもらえなかったらしい。

しかし彼は小説の執筆にのめりこんでいった。ぼろぼろになるまで働いた後、四畳半のアパートに帰って気を失うまで書いた。数作目でようやく彼の原稿は編集者の目に留まった。内容はヤクザの抗争を描いたもので、暴力と愛と死がテーマだった。粗削りでありながら、文章の熱量はすさまじく、彼の魂が感じられた。出版へとこぎつけると、最初の印税で彼は生まれてはじめてスーツを購入した。寂れた炭鉱の町に里帰りして、自分のスーツ姿を老いた母親に見せたところ、皺《しわ》だらけになった顔を涙でぐちゃぐちゃにして母親は彼を抱きしめたという。

しかし、デビュー作がいきなりベストセラーになったわけではない。X先生が人気作家になったのは、彼の著作が連続ドラマ化されたことがきっかけだ。名前が知れ渡り、一気に火がついた。X先生の作品には外れがなく、どれも抜群におもしろい。筆が滞ることもなく、年に何冊も安定供給される。書店の棚の一角は常に彼の本が占有するようになった。

小説『今日はさよならを言う』がX先生にとって何冊目の出版物になるのか、正確なところはよくわからない。とにかく仕事量が膨大だ。小説だけでなく、旅行記や評論集、対談集、さらには絵本まで出していた。

特に彼の描く登場人物は魅力的である。台詞《せりふ》や仕草からX先生の男気が垣間《かいま》見えて読者は胸を熱くする。私たちは彼の小説を読んでいると同時に、作者である彼の内面を覗《のぞ》いているのだ。

台詞の端々から感じられる詩情の向こうに、X先生の世界を見ている。私たちは彼の紡いだ小説を通し、彼という人間性を楽しんでいるのだ。

だからこそ、小説『今日はさよならを言う』を一読して私は複雑な思いにかられたのである。その物語が、X先生の頭の中から生み出されたものではないという事実だけで、何だか裏切られた気がする。

私は、真実を知りたいと思った。

二

東京駅から日本海側へ向かう新幹線に乗った。窓から見える景色は、やがて山林ばかりに変わる。Aさんも東京を離れて故郷へ戻る時、同じ車窓の眺めを目にしたのだろうか。

彼女の実家を訪ねてみようと考えていた。事前に行くという連絡はしていない。電話もメールも繋《つな》がらなかったからだ。座席に深く腰掛けて目を閉じ、Aさんのことを思い出して時間をつぶす。

最初に言葉を交わした時、私たちはまだ二十代だった。駆け出しの作家たちが集められた飲み会で、偶然、隣り合った席に座ったのだ。彼女は銀縁眼鏡をかけた長髪のすっきりとした目鼻立ちの美人だった。理系の大学に通いながらいくつか推理小説を執筆し、その中の一本が新入賞の最終選考にのこったことで、担当編集者がついたという。何度も改稿を繰り返し、ようやく一冊目が世に出せたところだった。

私たちはその飲み会で好きな小説の話をした。好きな場面、好きな登場人物について語った。そして連絡先を交換し、友人となった。

飲み会に集まった者たちは、全員、将来への期待と不安を抱いていた。まだだれも売れておらず、何とか作家になることができたという状態だ。今後も書き続けられるのかわからない。専業作家としてやっていく自信がないため、何らかの職について兼業でやっていこうとする者が多かった。しかし、創作への熱量にあふれており、相手の理屈に納得できないと、お互いに論破しようとして喧嘩になることもあった。

「小説に起承転結なんかいらないんだよ！」と、だれかが言えば、何割かの酔っぱらいがうなずき、何割かの酔っぱらいが怒り出す。

「おまえがそんな風に思ってるのは理解が足りないからだ！　起承転結や序破急ってやつは呪いみたいなものなんだ！　作家はだれもそれから逃れることはできない！」

「起承転結は不可避の怪物みたいなものだ。読み手が勝手にそのリズムを期待してる。作家はその欲求に応《こた》えて書くしかないよ」

「それが余計なことだとなぜわからない？　読者の期待に沿って書く必要なんてないだろ？作家は読者の奴隷なのか？」

「読者が喜ばなければ本は売れない！　読者なんかいらないというのなら、チラシの裏にでも書いてろ！」

全員、酒が入っているので言葉が乱暴になる。無茶苦茶だが、とにかく楽しかった。私とAさんは議論に参加することはなく、部屋の隅から眺めて楽しんでいるだけだった。小説の執筆方法は人それぞれで、頭で考えながら書く者もいれば、魂のおもむくまま書く者もいる。色々あっていい、と私たちは考えていた。

「みんな、おもしろいね。私のまわりに小説を書いてる人なんていなかったから、こういう話を聞くのは新鮮」

Aさんはそう言ってお茶を飲む。小説を書く人間なんて滅多にいない。作家デビューして新人作家たちと交流を持つまでは、私も出会ったことがなかった。彼女は酔っぱらいたちを楽しそうに眺めながらつぶやいた。

「ここにいる全員が売れればいいのに」

当然、そうはならなかった。そうはならないことを、私たちは理解していた。あれから二十年以上が過ぎた。飲み会の参加者で現在も作家活動を続けているのはほんの一部で、大半は消えていなくなった。私は生き残ったうちの一人となったが、なぜ自分が今も作家を続けられているのかわからない。私よりも才能があり、鋭い文章を書く者がいたのに、そういう者に限って書けなくなった。真摯《しんし》に小説と向き合う者は、物語という深い穴を懸命に覗き込んでいるようなもので、そのあまりの深さにいつしか精神のどこかに変調をきたしてしまうのだろう。深淵《しんえん》の恐ろしさに足がすくみ、手が止まり、ついには一文字も書けなくなるのだ。

Aさんの場合、一冊目を刊行した後もしばらくの間は執筆を続けたが、二冊目は出なかった。書き上げたものはどれも出版に値する完成度に至っていないと編集者に判断されたらしい。その編集者が厳しい人だったとは思わない。私もAさんの小説を読ませてもらった。デビュー作以外に、未発表原稿にも目を通した。どれも物語の核となるアイデアは良かったが、物足りない作品ばかりだった。

当時は気を使ってそんなことは言えなかったが、Aさんの生真面目な部分が悪い方向で執筆に影響していたのかもしれない。彼女は型破りなことが書けなかったのだ。登場人物たちの行動も台詞もすべて予想の範囲内におさまっており、小説を読む楽しさというものが薄い。文章は教科書のようで、彼女の人間味が感じられなかった。

「私、小説家に向いてないのかな……」

物語の萌芽となる最初の発想はおもしろいが、彼女の場合、それを小説という形に広げるのが下手だった。最初からそれをうまくやれる作家もいれば、努力して技術を磨き、ようやくできるようになる者もいる。彼女もまた、創作論の本などを読んで技術を身に付けようとしたが駄目だった。

「書きたいテーマやアイデアはいくつかあるんだよね。ノートにいつもメモしてる。次に書こうとしているのは、こんな話……。主人公は女刑事で、上司に命じられて、ある建物の張り込みをするんだけど……」

新幹線が目的の駅に到着する。私鉄の路線に乗り換えて、さらに移動した。周囲は山だらけだ。Aさんが夢をあきらめて東京からいなくなった後も、数年間は年賀状のやりとりが続いた。そこに記入されていた住所へと私は向かう。彼女の実家は、とある観光地にあった。駅のロータリーには何台かタクシーが停まっており、呼ぶ手間がはぶける。

空は曇っており寒々しい。だからよけいに風景が寂れて見えた。タクシーで町外れの辺鄙《へんぴ》な住宅街にたどり着く。

彼女の実家の住所に行ってみると、古い木造の家が建っていた。表札に書かれた名字はAさんのものではない。結婚して名字が変わったのだろうか。呼び鈴を鳴らしてみる。玄関を開けて出てきたのは中年の女性だ。Aさんではない。

「どちらさまでしょう？」

私は来訪の目的を告げた。年賀状を持参していたので、それを見せながら、Aさんという人物に心当たりはないかとたずねる。結論から言うと、彼女はAさんの親戚《しんせき》だった。もともとこの土地と家はこの人が所有するものだったが、十五年ほど前までAさんの母親に貸していたのだという。彼女はAさんについての話を聞かせてくれた。

「あの子、母子家庭だったの」

Aさんの父親は公務員だったが事故で早くに亡くなったという。小学校では優等生で近所の子どもによく勉強を教えていたようだ。作家活動をあきらめて地元に戻って以降は、事務員の仕事に就いていたらしい。

「でも、十五年前に、お母さんも癌で亡くなったのよ。やっぱり、一人じゃ広すぎると思ったのかしら。この家を出ていくと決めたみたい。あの子にとって、子どもの頃から住んでいた家だったから、ずいぶん悩んだでしょうね。お母さんとの思い出もあったでしょうに。引っ越していく時は、きちんと掃除をして、お礼の手紙を添えたお菓子もいただいたのよ。それからあの子には会ってないわね。引っ越し先がどこなのかも知らないままなの。落ち着いたら連絡をすると言ってたけど、結局、手紙も電話もない。今も元気に暮らしているといいんだけど。……そういえば、あの子がこの家を出ていくすこし前に、東京から出版社の人が訪ねてきてたっけ。てっきり、二作目が出るのかと思ってたけど、ちがったのね」

「東京から?」

「そうよ。お母さんのお葬式の後だったから、心配であの子の様子を見にここへ来たの」

中年女性は木造の家を振り返る。

「ちょうどあの子は出かけるところでね、冬だったから、コートを着込んでた。東京から出版関係の人が来るので、会いに行くんだって、緊張した様子で教えてくれたのよ」

「どちらの出版社か、聞きましたか?」

「さあ。聞いたかもしれないけど、ずいぶん前のことだから……」

Aさんの二冊目が出るという話は聞いたことがなかった。しかし、地元で執筆活動を続けていた可能性はある。つきあいのあった編集者が会いに来ていたのかもしれない。

他にもいくつか質問し、Aさんに関する情報を得た。交友関係、事務員の仕事をしていた時の職場などについてだ。彼女にお礼を言い、その場を後にした。

近所をすこしだけ散歩しながら、Aさんはここで幼少期を過ごしたのかと思いを馳《は》せる。錆《さ》びた金網、雑草まみれの空き地、路地裏の猫。

Aさんは、生きているのだろうか。ふと、そんなことを思う。

もしかしたら、Aさんの小説のアイデアは盗まれてしまい、彼女は口封じのために殺されてしまったのではないか。

例えば編集者のだれかが彼女の小説のアイデアに目をつけて、無理矢理奪い、それをX先生にわたしたのだ。さも自分で思いついたかのように、X先生はそのアイデアを採用して小説『今日はさよならを言う』を執筆してしまった。Aさんの存在は都合が悪い。生かしておくわけにはいかず……。

いや、そんな馬鹿なこと、あるはずがない。私は嫌な想像を振り払う。路線バスに乗り、駅前に戻ることにした。

駅前にたどり着いた後、Aさんが事務員時代に働いていた職場へ向かうことにする。彼女が働いていたのは大昔だが、何らかの記録がのこっているかもしれない。

商店街を歩いていると、小さな書店が途中にあった。小説家という職業柄、旅先で書店を目にすると、つい足を止めてしまう。店頭の目立つところに『今日はさよならを言う』が平積みになっていた。「映画化決定!」の帯が巻かれている。複雑な思いを抱いた。きっとAさんは、この書店にも訪れていたに違いない。だけど、この本のどこにもAさんの名前は記載されてはいないのだ。

しかし、Aさんが自らそのアイデアを小説にしていたら、ここまで『今日はさよならを言う』が売れていただろうかとも思う。彼女には、物語をおもしろく語る力が足りていなかった。だからこの本がヒットしているのは、まぎれもなくX先生の力量による部分が大きい。

彼女は、自分のアイデアが他人の手によって小説になっていることを把握しているのだろうか。納得しているのだろうか。Aさんの現状が知りたい。実際に会って話ができたら、私の気持ちはおさまるだろう。

壁にサイン色紙が飾ってある。ふと、それに気づいて、近づいてよく見る。私の動向を見ていた店の主人が話しかけてくる。主人は高齢の男性だった。

「それ、だれが書いたものかわかるかい？　聞いたらおどろくよ」

色紙の片隅に日付が記入してある。書かれたのは十五年前の冬だ。

「この店に入ってきた時は、見間違いかと思ったよ。顔に見覚えがあったんだ。話しかけたら気さくに返事をしてくれてね。すこし強面《こわもて》だけど、いい人だったよ。この辺を観光している最中だって言ってた。最近、出た小説もおもしろかった。どうやったらあんな話を思いつけるんだろうね」

店の主人はそう言うと『今日はさよならを言う』の単行本を手にとって私に見せる。サイン色紙は、X先生のものだった。

彼は十五年前、この町に来ていた？

Aさんに会いに来た出版関係の人とは、もしかすると……。

×××

「X先生に最後にお会いしたのは、昨年末のパーティでしたっけね。あいかわらず素敵な方でしたよ。大勢に囲まれているから、遠くからでも居場所がわかるんです。豪快な笑い声も健在でした。体の芯《しん》に響くような低音の声は、パーティ会場のざわめきの中でも、一際、目立って聞こえるんです。僕はその日、新人作家さんと一緒に、X先生のところへ挨拶《あいさつ》しに行ったんです。その作家さんは硬くなっていましたが、無理もないですよ。X先生と言ったら、大ベストセラー作家ですからね。目指すべき最高峰の小説家が目の前にいるわけです。緊張しないわけがない。でもX先生は、僕みたいな編集者にも、新人の作家さんにも、気さくに接してくれるんです。本当にいい人ですよ」

都内に戻った翌日、懇意にしている編集者に会って話を聞いた。X先生の人生はエッセイ集やインタビュー記事を読むことで把握していた。しかし、私たちのまだ知らない側面が彼にはあるのではないか。

「お住まいは都内だったはずですよ。夜の町で遊んだ後、タワーマンションに帰っていくそうですから。それから、関東近郊に山を買って、そこに立派な愛人用の御殿を建てたって噂があります。都内にいない日は、そこで暮らしているみたいですよ。さすがX先生です」

もしかすると、AさんはX先生の愛人として暮らしているのではないか、という想像をしていた。ありえないことではない。私が知らなかっただけで、AさんとX先生はひそかに交流があり、深い関係になっていたのかもしれない。Aさんは見初められ、母親を亡くした後、彼の元で愛人として暮らしているのだ。作家活動をあきらめたAさんは、自ら進んで彼に自分のアイデアを提供し、それが小説『今日はさよならを言う』として結実した。そういう可能性もある。

十五年前の冬、X先生はAさんの故郷を訪れていた。書店で見かけたサイン色紙はその時に書かれたものだろう。私はその事実を知った後、Aさんが勤めていたという職場にも行ってみたが、すでにその会社はつぶれていた。建物は空きビルになっており、Aさんの情報も得られず、新幹線で都内へ戻ることになったのだ。

車窓の景色を見ながら、私はこの件にどこまで踏み入るべきかを悩んだ。真実を知りたいとは思っていたが、X先生の存在はあまりにも大きすぎる。彼の小説が他人のアイデアの流用だと判明し、そのことが世間に知れたら、経歴に傷がつくのは間違いない。怒り出す読者もいるかもしれない。出版社は正式に謝罪をするだろうか。そして、秘密を暴露してX先生や出版社に迷惑をかけた私は大勢から顰蹙《ひんしゅく》を買うだろう。業界から干されるかもしれない。このまま調査を続けるべきか。それとも、この件にはもう近づかず、見なかったふりをするべきか……。

「X先生の愛人って、どんな人なんでしょうね？　お会いしたことありますか？」

「あるわけないでしょう。でも、きっとすごい美人に決まってますよ。元高級ホステスさんみたいな方に違いないですよ」

その愛人像とAさんの姿を重ねてみるが、一致はしなかった。

「例えば、何人かいる愛人の中に、元作家が交じっているという噂はないですか?」

「聞いたことないですね。何か、そういうゴシップを耳にしたことあるんですか?」

「昔、知り合いだった女性作家にAさんというのがいましてね……。いえ、いいんです、そんなことは。忘れてください」

言葉を濁して会話を終わらせる。X先生の武勇伝をいくつか聞いて、その日は編集者と別れた。

その後、私は仕事に打ち込んだ。AさんとX先生の関係が気になったが、そのことばかりに時間をとられるわけにはいかない。生活のために私は執筆しなくてはならなかった。依頼されていた短編小説を自宅で書き、エッセイを完成させ、次回作の構想を練る。気になっていた作家の新作を読み、小説のネタになりそうな記事をネットで探す。

頭の片隅に、Aさんのことを放置する。意識をそちらに向けてしまうと、仕事の手が止まる。若い彼女と、若い自分。それを取り巻く新人作家たちの情熱。それらが思い出され、懐かしい色々なものに胸が疼《うず》く。今、私は仕事で小説を書いているが、あの頃の情熱は薄れていた。何か新しいものを生み出そうという気概はない。生活を守るために、いつものやり方で、惰性のように物語を紡いでいる。あの頃の私たちが、今の自分を見たら笑うかもしれない。ああはなりたくないと。

一週間が経過して、ようやく仕事が一段落した。ひさしぶりに外出をする。ちょっとした買い物をして、書店に立ち寄り、喫茶店で読書をした。電車で自宅の最寄り駅にたどり着いた頃、空は美しい夕焼けだった。都会のビルが西日を反射して輝いたかと思うと、急速に太陽は沈み影が濃くなる。

自宅マンションの前に、黒塗りの高級車が停まっていた。どこかの金持ちが路上駐車しているな、と思いながらそばを素通りすると、私の背後で、車のドアの開く音がした。

「きみとすこし話がしたい。車に乗ってくれないか」

私は呼び止められ、振り返る。見知った顔の人物が立っていた。重低音のよく響く声だった。

目の前に有名人がいる。

現実味がなかった。

「どうした。俺のことは知っているはずだ。パーティでも何度かすれ違ったじゃないか。言葉を交わしたことはなかったがね」

「……そうですね、きちんとご挨拶したことは、確かないはずです、X先生」

震えながら会釈する。彼は私よりもはるかに背が高く、体つきもがっしりとしていた。スーツに身を包み、男性用ファッション雑誌のモデルがそのまま務まりそうだ。高級車の運転席には、運転手の男がいて、ガラス越しに私を見ている。もしも逃げ出そうとすれば、そいつが飛び出して追いかけてくるような気がしてならなかった。

「どうか、車に乗って欲しい。真実を教えてあげよう。さあ、こちらへ」

彼が手のひらを優雅に動かして後部座席に私を誘導する。高級レストランのウェイターのような仕草だ。私はすこし迷ったが、乗り込むことにした。車内には独特の良い香りが充満している。香水ではない。お香のような格調の高い匂いだ。正体は何だろう？　気になったが、聞けるような雰囲気ではない。

X先生が私の隣に乗り込んでドアを閉めると、運転手が車を発進させた。高速道路に入り、速度を上げる。

「私は、どこへ連れて行かれるんですか？」

X先生に質問する。

「Aのところだよ」

「Aさん？」

「ああ、そうだ。きみが彼女のことを調べているようだと報告があった。彼女は元気だ」

X先生の口から、知り合いの名前が出たことに驚く。

高級車は都心とは反対方向に進んだ。夜の闇が窓の外に広がっていた。

三

隣にX先生がいるという緊張感で何度か私は吐きそうになった。お互いの小説の感想などを口にしたが、何をしゃべったのか覚えていない。彼が私のような無名に近い作家の本に目を通していることが意外だった。極度のストレスから、時間の感覚がわからなくなる。永遠に夜の高速道路を走行し、二度と現実世界にはもどって来られないのではと不安になる。

やがて車は地方のインターチェンジを出て一般道に入った。周辺に田畑しかないような場所だ。外灯もほとんどないため、真っ黒で平板な世界が広がっているように見える。

「ここはどこです？」

私がたずねると、関東近郊の某市の名前をX先生が口にする。

「きみに見せたい場所があってね。そこならゆっくりと話ができる」

外の暗闇を切り取るように、光り輝く四角形の敷地が見えた。空港の滑走路のように目立っている。ビニールハウスの連なっている土地だった。ハウスの中は夜間でも照明が煌々《こうこう》と点《つ》いている。一度も他の車とすれ違わないまま、河川にかけられた橋を渡った。対岸に入ると、周囲に霧が漂い始める。

車は山道へと入った。急勾配《こうばい》の曲がりくねった道の先に、突如、巨大な門が出現する。寺院の入り口かと思わせる、瓦《かわら》屋根を持った門だ。センサー式なのか、接近すると自動で開いた。一般道の途中になぜこんなものが？　と思ったが、実際は山に入ったあたりからX先生の所有する土地だったらしい。

白い砂利の敷き詰められた駐車場で車は停まった。X先生にうながされて私は外に出る。山の斜面に何棟もの建築物が点在していた。窓から橙色《だいだいいろ》の明かりが漏れており、大勢の人の気配を感じる。石畳の道や階段でそれらの建物はつながっているらしい。石灯籠《いしどうろう》が連なって足元を照らしていた。

「この山にあるものはすべて俺の所有物だ。今日はここでゆっくりするといい。温泉もある。酒と食事を持ってこさせよう。さあ、こちらへ」

X先生が歩き出す。私は気圧《けお》されながらも彼に従って移動した。竹林の小道に入り、敷地内を流れる小川のせせらぎを聞きながら石畳を行く。茶室を思わせる小屋が竹林の中にいくつかあった。琴のような音色がそこから聞こえてくる。

「この音楽は?」

「だれかが琴の練習をしているのだ」

竹林を抜けると、建物の密集する辺りに出た。そこには人通りもある。全員が浴衣《ゆかた》のような同じ服装をしていた。子ども連れの男女もいる。

「彼らは?」

「使用人の一家だ。住み込みで働いてもらっている。保育施設もあるので子育ての心配はない」

すれ違う者たちはX先生の姿を目にすると会話をやめて立ち止まり、粛々と会釈をする。X先生は彼らに軽く挨拶を返しながら私に説明した。

「私の出版物の印税や、映画化の版権によって得られる収益が、彼らの賃金となっている。ここで暮らす使用人たちは、昨今の不景気で職を失った者たちばかりだ」

さらに進むと、温泉旅館を思わせる大きな建築物へとたどり着いた。玄関を抜けると、黒檀《こくたん》の柱と床だ。使用人らしき高齢の男性が入り口で待っている。土間で靴を脱ぐと、彼がさっとその靴を下駄《げた》箱に収納してくれた。

X先生に案内されて建物内を歩いた。山の斜面を利用した回廊から、ライトアップされた庭を眺めることができる。紅葉の時季に来れば素晴らしい光景だろう。

「ここはゲストハウスを兼ねた娯楽用の建物でね、使用人たちにも開放しているんだ。温泉やサウナだけじゃない、劇場やバー、ビリヤード台やカラオケのある遊戯室なんかもある。様々な出版物を集めた図書室も人気だ。漫画もあるから、子どもたちが入り浸っているよ」

回廊の途中にいくつも部屋があり、使用人一家らしき人たちが出入りしている。彼らも私たちを見るとうやうやしく頭を下げた。

「俺は楽な恰好《かっこう》に着替えてくる。少しの間、ここでくつろいでいてくれ」

私は奥まった位置にある和室へと誘導される。X先生とは部屋の前で別れた。かわりにどこからともなく現れた高齢女性の使用人が私のために座布団と茶と和菓子を用意してくれる。私はひとまず座ってみたが、使用人が部屋の隅に無言で立っているため落ち着かなかった。

窓から山裾《やますそ》が見渡せる。この時間、ほとんどは真っ黒な闇だった。地平線ほどの場所に、町の明かりが広がっている。これは現実のことだろうか。まるで桃源郷にでも迷い込んだみたいだ。この山の全体を香木の煙が覆っている。神社仏閣に足を踏み入れた時のような、厳粛な気持ちにさせる香りだ。

「厠《かわや》はどこでしょうか」

使用人の高齢女性にたずねてみた。彼女は無言で会釈をすると案内してくれた。和室からそれほど離れてはいなかった。一人でも帰れそうなので使用人を下がらせて厠に入る。

用を足して廊下に出ると、そこで声をかけられた。

「なあ、きみ、もしかして……」

男の声だ。眼鏡の中年男性が立っていた。私は彼に見覚えがある。いくらか白髪が増えていたが、以前、出版社のパーティで交流を持った小説家だった。十年近くパーティでも会っていなかったので、ほとんど存在を忘れかけていた人物である。

彼は近づいてきて、なつかしそうに笑いかけた。

「そうか、きみもここで働くことになったんだな？　これからよろしく」

よく見れば彼の服装は、これまでにすれ違った使用人と同様のものだ。事情はわからないが、彼も雇われてここで暮らしているのだろうか。彼の背後に女性と子どもがいた。私の目線に気づいて彼が言った。

「妻と娘だよ。ここに来て知り合って結婚したんだ」

私は彼の奥さんと子どもに挨拶をした。自分は彼の知り合いで、同業者だと説明した。

「それにしても、なつかしいな。きみはどこの工房に配属されるんだ？」

工房？　何のことだろう？　疑問に思ったが、彼はかまわずに話し続ける。

「僕は**【設定】**の工房にいる。朝から晩まで、いろんな設定を考えてるんだ。登場人物の設定も引き受けてる。今度、遊びに来いよ」

よくわからないが、設定という言葉を聞いて思い出したことがある。彼の執筆する作品はいつも設定が凝っていた。ＳＦ作品を手がけることが多かったのだが、物語の大筋に関わってこない人物や小道具まで背景にこだわり、リアルな作品世界を構築するタイプだった。しかしそれ故に彼の小説はまともではなかった。設定に関する説明ばかりが延々と続き、物語が一向に進まないまま本が終わりそうになった時は戦慄《せんりつ》したものである。

「ここは良いところだよ。僕みたいな、挫折《ざせつ》した小説家に仕事を与えてくれる。今度、遊戯室で一緒に麻雀《マージャン》をやろうぜ。人をそろえておくよ。きみと話をしたい時、どこの工房に行けばいい？」

「それが、まだ、ここに来たばかりで……」

「なんだ、配属先が決まってないのか？」

曖昧《あいまい》な返答をしていると、彼の足に子どもがまとわりついてきた。まだ二歳か三歳くらいのちいさな女の子だ。眠そうに目をこすっている。

「そろそろ部屋にもどるか。ここで暮らしていれば、そのうち顔を合わせることもあるだろう。ひさしぶりに話ができてよかった」

彼はそう言うと、奥さんと子どもを連れて立ち去る。別れ際に奥さんが会釈をしてくれた。

部屋にもどると使用人たちの手によって夕飯の準備が行われていた。テーブルに和食の小皿や瓶ビールなどが並べられている。向かい合わせに二人分だ。私が座布団に正座をして縮こまっていると、ほどなくして和装のX先生が現れて対面に座った。あぐらを組む彼には、ヤクザの親分を思わせる圧倒的な迫力があった。使用人が彼と私のグラスにビールを注いでくれる。どうしてこんなことに、と私は自分の状況に困惑する。卒倒しそうな気分のまま食事がはじまった。

「知り合いの作家を見つけて、話をしたそうだな」

「はい。偶然、呼び止められて……」

小皿の煮物料理を口に入れる。味を堪能している余裕はない。

「どんな話をした?」

「配属先の工房はどこかと聞かれました」

X先生は大きな口を開けて笑った。腹に響くような笑い声だ。それから満足そうにビールを飲んで彼は一息つく。

「そいつは誤解したのさ。きみがスカウトされてここに来たのだと。無理もない。工房に配属される以外の理由で、この山を訪れた作家なんていなかった」

「工房というのは?」

質問してみたが、大体の見当はついていた。確認のためX先生の口から聞いておきたかっただけだ。彼は箸《はし》で貝の刺し身をつまみながら言った。

「この山には工房と呼んでいる小屋がいくつもあり、小説の執筆を分業制で行っているんだ」

私はビールを一息に飲み干して、やはりそうかと納得する。

「多くの漫画家は、アシスタントを雇って背景を描いてもらっているだろう？　映画の場合は、カメラマン、照明、美術、衣装、それぞれの専門分野のプロが集まって一つの作品を作っている。俺は小説でも同じことをしている」

X先生は使用人を手招きする。

「熱燗《あつかん》を頼む」

それから私を見て、自嘲《じちょう》気味に笑った。

「世間には秘密にしていたが、俺は一人で小説を書いていたわけじゃないんだ。そう聞いてきみはどう思った？　軽蔑《けいべつ》したか？」

「いいえ。複数の書き手が一つの名義で小説を書いているケースはめずらしくないですよ。エラリー・クイーンも、岡嶋二人《おかじまふたり》先生もそうでした」

「そうだな。だが、俺のように世間を騙《だま》してはいなかった。俺はな、それぞれに得意分野を持つ作家連中を集めて、一ヶ所で暮らしながら、チームで一つの作品を作り上げていたんだ。きみもこれまでに出会ったことがあるだろう？　登場人物の会話のセンスはあるのに、物語の組み立て方が絶望的な作家や、ミステリのトリックは絶妙なのに、文章が日本語の体を成していない作家。あるいは、文豪級に素晴らしい比喩《ひゆ》表現を思いつくのに、それ以外が欠点しかない作家など。俺は、そいつらが売れずに消えていくのが惜しいと思っていた。だから、山を購入し、そいつらを住まわせた。世間の奴らは、愛人のために豪邸を買ってそこに入り浸っていると思い込んでいるようだがな」

使用人がX先生の御猪口《おちょこ》に日本酒を注ぐ。彼はまだ素面《しらふ》同然だが、私は酔いが回ってきた。酒と料理と香木の香りのせいで心地よい陶酔感に包まれる。

「俺の小説に書かれている登場人物たちの会話は、それを専門とする【会話】の工房で考えられ、練られたものだ。俺一人ではとても思いつけないような、素晴らしい台詞がそこで生み出される。俺は各工房を回りながら指示を出し、文章を調節していく。俺がこの山にいない時は、俺の作品の構造や考え方を熟知した者が代わりにやっておいてくれる」

その人物の手にかかれば、X先生の文体を忠実に再現することも難しくないという。X先生が使いそうな表現や、作中のテーマなどを、上手に取り入れてくれる。X先生以上にX先生らしい魂を小説にこめてくれるので、大変、助かっているという。

「それぞれの工房で働いている作家たちを俺は尊敬しているよ。そいつらは、小説執筆において、自分の得意な分野を持ち、そこだけを先鋭化させたような者たちだ。きみのようにバランス良く全体を見渡して、一人で作品を生み出せるようなタイプではない。様々な欠点を抱え、読者の支持を得られずに作家の道をあきらめ、消えようとしていた者たちだ。俺は彼らに職を与え、生活を支援した。俺の小説に関わるのが嫌になったら自由に出ていっていいと言ってある。だが、今のところは全員、満足しているようだ。ここでの暮らしをより良くするために、彼らは切磋《せっさ》琢磨《たくま》しながら、俺の小説の手伝いをしてくれている」

私はAさんのことを思い出す。彼女は小説のアイデアを生み出すことに長《た》けていたが、それ以外が駄目で挫折してしまった。

「Aさんも、ここの工房で働いているんですね?」

「ああ、そうだ。彼女が母親を亡くした直後くらいの時期に会いに行ったよ。うちで働かないかと声をかけた。彼女は今、小説を書く上でもっとも重要な【物語】の工房に所属している。何人かいる中の一人だ。ハリウッド映画の脚本家連中のように、シナリオ理論を身につけた者たちがプロットを作成していてね。彼女は特に物語の基礎となる部分を発想するのに長けているよ。だが、あいにくと今日は取材に出かけているみたいだ。帰りは明日になるらしい。きみ、今から帰るとは言わないよな。この山に泊まって、明日、彼女に会ってから帰るといい」

いつのまにか私の前にも熱燗の入った御猪口がある。口に含むと、とろりとした熱い酒から、豊かな香りが鼻腔《びこう》にふくらんだ。御猪口が空になると、X先生が自ら徳利《とっくり》の酒を注いでくれる。

「きみが、俺とAの仲を疑っていると聞いたよ。彼女の故郷にも行ったそうじゃないか。そのうちに真実が知られると思って、こうして会って事情を説明することにしたというわけだ。先日の俺の新刊本が、Aのアイデアであることにきみは気づいたんじゃないか? 彼女が昔からあたためていた物語だったみたいだから、きみはそのアイデアをどこかで耳にしていたんだな?」

「私は、先生が盗作したんじゃないかと疑っていました。まさか分業制で執筆を行っているとは想像もしていなかった」

「俺がきみの立場だったら、怒り出していただろう。俺は正直、負い目を感じている。世間の者たちは、俺が一人で小説を書いているからな。俺という作家の魂から、すべての文言が生み出されていると思い込んでいると知られたら、失望されてしまうだろうか。だが、この山で暮らす者たちの生活を守るため、俺の名前でベストセラーを生み出し続けるしかないんだ。なあ、きみ、ちょっとした提案なんだが、ここで働く気はないか？　きみの著作は読ませてもらっている。俺には書けない物語ばかりだ。きみがこの山に来てくれたら、どんなに心強いだろう。俺たちの仲間になり、執筆作業を手伝ってくれ。俺の名前で本を売り出せば、出版社は宣伝に協力してくれる。映像化もすぐに決まる。共同作業だから自由にすべてをコントロールできるわけじゃないが、たとえスランプになって書けなくなっても、だれかがきみのフォローに回ってくれる。ここは良いところだぞ。たった一人きりで小説を書くのは孤独だろう？　苦しいだろう？　ここにいれば、執筆の苦難を分かち合える。生活だって老後まで保障させてもらう」

彼の提案は純粋にうれしかった。私の力が認められたような気がしたからだ。私は使用人に、水を持ってきてほしいとお願いする。それからX先生と向き合い、丁重にお断りの返答をした。自分に共同作業などできるわけがないからだ。

「ふむ、そうか。残念だよ」

X先生はそう言うと、さびしそうな顔で熱燗をあおった。

四

食事をした和室がそのまま私の宿泊部屋としてあてがわれることになった。夕飯を終えるとX先生は立ち去り、私は使用人に案内されて大浴場へと向かった。屋内に浴槽とジェットバスとサウナがあり、外に露天風呂《ぶろ》がある。岩場に湧いた温泉といった趣の露天風呂につかり、立ち上る湯気越しに星空を眺めた。風の中に山の木々の匂いがまじっており、ここで小説を書いて暮らすのは確かに幸福なことかもしれないと思った。

体が温まり、緊張と疲労が湯に溶けて出ていく。サウナと水風呂を交互に堪能し、脱衣所で浴衣に腕を通す。自販機があった。貨幣をいれなくとも、ボタンを押すだけでペットボトルの冷たいお茶が出てくる。使用人の話によると、ここでは基本的にすべての飲料水や食事や菓子類、各種消耗品などが無料で支給してもらえるらしい。

部屋に戻るとすでに布団がしかれていた。部屋の電気を消し、布団にもぐりこみ、今日の出来事を思い返す。X先生が現れた時は焦ったが、ここに案内してもらえて良かったと今は思う。小説『今日はさよならを言う』の盗作疑惑について、私はもっと悪い真相を覚悟していたからだ。

Aさんのアイデアを無理矢理に盗んだというのであれば、私はX先生を軽蔑していただろう。

しかし、どうやら違う。Aさんは彼のブレーンとして雇われているにすぎず、報酬を得て物語のアイデアを提供しているようだ。それなら、私が文句を言うのは筋違いだろう。

この山に来てすれ違った使用人たちはX先生を敬っていたし、廊下で立ち話をした昔なじみの作家も「ここは良いところだよ」と話していた。私がX先生の熱狂的なファンだったら複雑な思いを抱いたかもしれないが、そこまで神格化していたわけでもない。先輩作家として、ベストセラー作家として、彼を敬う気持ちはあり、それは今も損なわれていない。いや、消えゆく小説家たちに活躍の場を提供していることを知り、尊敬の念が増したくらいだ。

静かな夜だった。目をつむり、耳をすます。

この山を訪れた時に聞いた、琴の音色が耳に蘇《よみがえ》る。

ほどなくして私は眠りについた。

「…………。……さん……起きて……」

女の声が聞こえて私は夢から覚める。

暗い部屋の中で、ここが自宅ではないことを思い出す。布団の横にだれかが膝《ひざ》をついて私を見ていた。窓から入る月明かりで、すこしだけ顔が見える。眼鏡をかけた細面の女性だ。

「ねえ、起きて」

その声はAさんのものだった。寝ぼけているのかと思ったが、どうやらそうではないらしい。

私はおどろいて身を起こす。声を出そうとしたが、寝起きでうまく言葉が出てこない。

「静かに」

彼女は周囲を警戒しているようだった。

「……久しぶり、Aさん」

ようやくそれだけ言えた。

彼女がすこしだけ微笑むのがわかった。

「もう、私のことは忘れてると思ってた。まさか、あなたがここにたどり着くなんて、完全に想定外よ」

「X先生の新刊を読んだ。昔、きみに教わった物語の構想だった」

「失敗したな……」

彼女は、私にノートを読ませたことを忘れていたのだろう。

「でも、どうしてこんな夜中に?」

寝ているところを起こすとは穏やかではない。彼女の雰囲気から、嫌な予感がした。

「Aさんは取材に出かけていて、明日にならないと戻ってこないって聞いていたんだけど……」

「嘘よ。ずっとこの山にいた。いつも通り、工房で仕事をしていたの。ねえ、あなたに危険が迫ってる。夜が明ける前にここを出ていったほうがいい」

Aさんは声をひそめて言った。冗談を言っているようには見えない。月明かりのせいか、彼女の顔が蒼白《そうはく》に見える。記憶よりもいくらか皺がふえていたが、綺麗《きれい》な顔立ちはかわらない。

「危険?」

「X先生と話をしたんでしょう？　どんな話をしたの？」

「分業制で小説を書いてるって。この山にはいくつかの工房があって、挫折した作家たちが働いてるって」

「ええ、そうよ。私は【物語】の工房に所属していてね、その関係で【トリック】の工房とはつきあいが深いの。小説の執筆に適応できなかったミステリ作家がそこで働いていてね、ミステリのプロジェクトを進める際は相談に乗ってもらってる。今日、その工房に緊急で依頼があったのよ。人間を一人、消すのに必要なトリックを考えてほしいって」

工房に依頼された内容は詳細なものだったらしい。消したい人物の性別、年齢、身長、体重、その他の情報が克明に依頼書に記されていた。トリックの工房を訪れたAさんは、その依頼書を偶然、目にしたそうだ。

「あなたのことだとわかった。あなたが私のことを調査しているようだと、X先生から事前に聞かされていたから。あくまでもその依頼書は、ミステリ小説を執筆するため、完全犯罪の方法を考案してほしいというものだった。だけどそうじゃない。X先生は、そのトリックであなたの存在を消そうとしているんじゃないかって思ったの」

「そんな……！」

しかし、ないとは言い切れない。ここで見聞きしたことを世間に流布させないよう、口封じを行うことは充分に考えられた。この山で働かないかという提案を断った時、彼が「残念だよ」と口にしたのを思い出す。仲間にならなかった私を、彼は排除するつもりに違いない。

「このままでは、あなたは行方不明扱いになるでしょうね。大勢いる失踪者《しっそう》の一人になるのよ」

自分のおかれている状況を理解する。私は立ち上がった。

「この山を出ないとまずそうだ」

「それがいい、案内するよ」

「Aさんは？　一緒に逃げる？」

「私はのこる。仕事があるし、家庭も……。ここに来て夫と出会った。私はここでの生活を守りたい。だから、お願い、もしも無事にこの山を出られたとしても、だれにも真実を話さないでほしい。命を狙われているのに、こんなお願いをするのはどうかと思うけど。約束してくれたら、そのことを条件にX先生と交渉してみる。あなたが沈黙を守ってくれるなら、X先生も手を出さないと思う」

手早く着替えをすませ、私たちは部屋を出る。時刻を確認すると深夜三時だ。廊下の照明は消されており暗かったが、闇に潜んで移動することができた。山の斜面にそって回廊が迷路のようにつながっている。私一人では抜け出すことが困難だっただろう。身を低くしながらAさんの後に付いて行くと、玄関へとたどり着いた。下駄箱から自分の靴を探し、私たちは外に出る。

ひんやりとした空気に白い靄《もや》が漂っている。灯籠の橙色の明かりが、靄に滲《にじ》んで丸くなり、石畳の道に沿って連なっている。麓《ふもと》の方角へ私たちは進んだ。和風建築の密集する辺りに入ると、細い路地が入り組んでいる。悪夢の中をさまよっているかのようだった。

竹林に挟まれた小道を進んでいる時、人の気配がした。

「隠れて」

Aさんが私の手を引っ張って竹林へと引き込む。私たちは地面に伏せた。土の臭いでむせそうになる。

懐中電灯の明かりが靄の向こうから近づいてきて、私たちがさっきまでいた場所までやってくる。高齢男性の使用人だ。能面のような無表情で、懐中電灯の光を周囲に向けている。だれかを捜している様子だ。幸い、発見されることなく彼は通り過ぎてくれた。

「いなくなったのが、ばれたみたい」

「このまま竹林の中を行こう」

石畳の道にはもどらず、土がむきだしの地面を進むことにした。周囲は暗く、月明かりも竹の葉によってさえぎられている。お互いの顔も見えない状態で息遣いだけが聞こえる。

「ごめんなさい、こんなことになって」

Aさんの声が暗闇の中で聞こえる。

「私のことを心配して、行方を調べてくれていたのでしょう？」

「盗作の疑いがあった。私が提案した登場人物名がそのまま使われていたんだ」

「そういうことだったのね。あなたが考えてくれた名前だってことも今まで忘れてた。真実を知って、軽蔑したでしょう。私は生活のため、お金のため、X先生の手伝いをしていたの。自分一人で小説を書くことなんて、もうすっかりあきらめてしまった。だって私には、すぐれた文章を書く能力や、素敵な登場人物を生み出す能力がなかったんだもの。私にできるのは、物語の発端になるようなアイデアを出すだけ。この山に流れ着いた作家たちは、みんなそう。一つのことしかできない者たちばかり。暮らしていくために、私たちはX先生の執筆を支える歯車になったの」

「私も似たようなものなんだ。最近は生活のために小説を書いてる。デビューした頃のような熱量はすっかり失《う》せてしまった。あの頃はよくみんなで飲み会をしていたっけ。そういうのもなくなったよ」

「なつかしい。だれかの部屋で始発までお酒を飲んでたよね。でも、今も小説を書き続けているのは、ほんの一握り……。私、あなたのこと尊敬してる」

「ベストセラーもないのに？」

「すごいことよ。たった一人で、何作も小説を書いて、世に送り出しているというのは」

「X先生の小説に比べたら、私の小説なんて存在しないも同然だけど」

地面に埋まっている筍《たけのこ》らしきものに足がひっかかって転びそうになる。

暗闇に腕をのばし、前方に竹が生えていないかを確認しながら進む。

「私ね、小説に関わって暮らしたかった。書き続けることに挫折して、東京を離れた後も、そう思っていた。だから、X先生に誘われた時、うれしかった。たとえ自分の名前で本が発表されなくても、私の考えたアイデアが小説に採用されるだけで満足だった。X先生の名前で出版すれば、大勢の人が読んでくれる。たくさんの人が感動してくれる。だったら、私の名前は出なくていいと思えるの。みんなで書くから、執筆と向き合う孤独も共有し、軽減できる。……小説を書くのって、足元の見えない、真っ暗な道を手探りで行くようなものだから」

竹林が途絶えて崖《がけ》のような急斜面に出る。私たちは手を取り合いながら慎重に斜面を下った。玉砂利の駐車場を通り抜け、山道をさらに進むと、前方に和風建築の大きな門が見えてくる。

「私が案内できるのはここまで」

Aさんが立ち止まる。彼女はここで引き返すつもりらしい。

「この先は一人で大丈夫。ありがとう、助けてくれて」

「話ができてよかった。あなたが書いた小説、いつも読んでるからね。あなたは、生活のために書いているって言ったけど、そんな風に卑下しないで。どの文章からも、あなたの人間性を感じるよ。たとえベストセラーにならなくたって、私はあなたの小説を楽しみにしているの。あなたと知り合えて良かった。これからも書き続けて。ずっと書き続けてね」

月明かりがさして彼女の顔を照らす。もうお互いにそれほど若くはない。目元に皺なんかもできている。だけどその皺も綺麗だと思えた。胸が一杯になり、私たちは握手をする。

「さようなら」

彼女は手を振って、来た道をもどっていった。

ここからは一人だ。

和風建築の木製の門は閉ざされている。門の左右に塀が延びており、行き来する者を拒んでいた。通れる場所を探して塀にそって移動してみると、倒木を利用して乗り越えられそうな箇所を見つける。運動は苦手だがやるしかない。倒木に足を乗せて、懸垂するように塀の上に体を持ち上げる。塀を乗り越えて地面に着地する際、転んでしまい、足を捻《ひね》ってしまった。

体中が土埃《つちぼこり》まみれになりながら、足を引きずって麓を目指す。アスファルトで舗装された道を下ったが、車の音がする度に茂みの中へ飛び込んだ。私を捜している者たちの車に違いない。つかまって連れ戻されたら、私は消されてしまうのだろうか。恐怖心で足がすくみそうになる。

道が平坦《へいたん》になり、山裾の平野部にたどり着く。私を阻むように川が横たわっていた。それほど大きな河川ではないが流れは速い。橋のそばの茂みの陰に、数台の車が停まっているのが見えた。橋の周辺に人が潜んでいるのは明らかだ。私がそこを通ると予想して張り込んでいるのだろう。懐中電灯の光が見当たらないのは、私に見つからないように消しているからだ。

私は覚悟を決めた。橋から離れた位置で、川を渡ることにする。雑草につかまりながら川岸の斜面を下りて流れの中に入った。水の冷たさに震える。腰までの深さがあり、押し寄せる水に体が持っていかれそうになる。幸い、大きな岩が川底からいくつも突き出ているため、それにつかまりながら移動することができた。しかし途中で片方の靴が脱げてしまい流されてしまった。私は片足が濡《ぬ》れた靴下の状態で歩かなければならなくなった。

川を渡ると、立ち込めていた靄が薄くなり、ようやく人里に下りてきたという気分になった。外灯がないため周囲の田園は闇の底に沈んでいる。遠くに見えるビニールハウスの白い明かりを目指して、私は足をひきずって歩いた。濡れた衣服が、ぐっしょりと重く、夜の冷気にさらされて体温を奪っていく。

どれくらい歩いたのかも、あとどれくらい歩けばいいのかも次第にわからなくなる。疲労で倒れ込みたい気持ちを抑えながらとにかく足を動かす。まるで小説を書いている時みたいだなと思う。書斎でパソコンと向き合って文章を打ち込んでいる時、大体いつもこんな気分だ。もちろん、そうでない時もある。一心不乱に時間を忘れて、高揚感に包まれて書ける時もある。だけど読み返すと文章はめちゃくちゃで結局は削除するのだ。

次第に空が明るくなってきた。黒一色だった夜が、東の方から深い青色に変化する。星は見えなくなり、朝の気配が空気の中に混じる。ようやくビニールハウスのそばまでたどり着いた。何が栽培されているのかわからないが、一晩中、照明が点《とも》っていてくれたおかげで助かった。一面が真っ暗だったら、私はくじけていたかもしれない。しかし町までは、まだ遠い。私が助かるためには、人の住んでいる地域まで行かなくてはならない。私は自分を鼓舞して前に進む。

その時だった。

「足を怪我しているのかね?」

背後から声をかけられる。重低音の男性の声だ。

力が抜けそうになった。絶望で言葉が出てこない。せっかくここまで来られたのに。

ビニールハウスの陰から現れたのはX先生だった。夕飯の際に着ていたラフな和装である。

私のぼろぼろの状態を見て、彼は痛ましい表情を浮かべる。

「よくここまで来られたな。さあ、車に乗りたまえ」

有無を言わせない口調だ。ビニールハウスのそばに黒色の高級車が停まっていた。運転手は見当たらない。周囲にいるのは彼一人だ。しかし、もう反抗する気力も体力もなかった。

「悪いようにはしない。車に乗るんだ」

地平線から太陽が出て、朝日が田園地帯に広がる。

X先生に命令されるまま、私はうなだれた状態で車に乗り込んだ。

彼が勢いよく、バタンと後部座席のドアを閉ざす。

五

「着きましたよ、お客さん」

タクシーの運転手が、私に呼びかけた。料金を支払うとドアが自動で開く。目の前に都内の高級ホテルがあった。私を降ろすとタクシーはすぐに走り去っていなくなった。吐く息が冬の冷気で白い。寒さでかじかむ指と手をこすりながら、私はホテルに足を踏み入れた。

パーティ会場までたどり着くと、クロークに上着をあずけて知り合いの編集者の顔を探した。入り口でシャンパンのグラスを受け取り、作家仲間と合流して最近の仕事について探りを入れる。年末年始に行われる出版社のパーティはいつも豪華だ。テーブルに様々な料理が並び、ビュッフェスタイルで皿に好きなだけ盛り付けることができる。天井にはガラス製のシャンデリアが下がっており、照明の色合いのせいか、室内は黄金色に染まって見える。色々な場所で笑い声が起きていた。普段は会わない作家や編集者たちが輪を作って歓談している。私はひとしきり、知り合いと挨拶をすると、壁の近くに佇《たたず》んだ。

担当編集者から、新人の作家を紹介された。ネットで主催している小説のコンテストで入賞した若者だった。緊張した顔つきでたどたどしく挨拶してくれる。すこし言葉をかわしてみたが、まだ大学生らしいと判明した。新鮮な感性で、これからたくさんの小説を生み出すのだろうなと想像する。毎年、何人の小説家がデビューしているのだろう。今はコンテストで入賞しなくとも、インターネット上で小説を発表することができる。そこで話題になった作品を編集者が探し出して本として出版することも多い。どの段階で小説家という肩書を名乗っていいのか、その定義は曖昧だ。

シャンパンの泡を見ながら、そんなことを考えていると、近くで談笑している者たちの声が聞こえてくる。

「惜しい人を亡くしましたね」

「ええ。ニュースで知りました」

「葬儀は身内だけで行ったそうです」

「X先生の笑い声がしないなんて、これからパーティが寂しくなりますよ」

X先生の訃報《ふほう》について話しているらしい。彼は膵臓《すいぞう》がんで亡くなった。がんの発見から亡くなるまで、あっという間だったと聞いている。私がX先生と話をした時は、まだどこにも症状は現れていなかったはずだ。彼の所有する山に行き、Aさんと話してから、すでに三年が経過していた。

シャンパンを口に含みながら、私は、彼の車に乗った朝のことを思い出す。

X先生の車に乗り込んだ時、生きた心地がしなかった。彼の秘密を守るために私は存在を消されるのだと確信していたからだ。しかし、運転席に乗り込んだX先生は、私を安心させるように言った。

「駅まで送ってあげよう。切符を買う金は持っているか？　それにしてもずいぶんとひどい恰好だ。着替えも用意してやりたいが、一刻も早く、きみはこの地域から離れたほうがいいだろう。しばらくは身を隠せ。その間に俺が説得しておくよ」

彼の運転する高級車は山と反対方向に向かった。朝日によって闇のはらわれた田園風景の中を疾走する。前方に町が見えてきた。戸惑っている私に彼が説明してくれる。

「どうやら誤解させていたようだな。無理もない。俺が【トリック】の工房に、きみを消すための方法を依頼したと、きみは聞いたんだろう？　だが、違うんだ。少々、こみいった事情があってね。俺はそんなことはしていないんだ。むしろ俺は、そんなことはするべきではないと止めた側だ。だが、【彼】は山の秘密を守るため、俺には無断で、きみを消す算段をしはじめた。【彼】は俺の名前を勝手に使って【トリック】の工房に計画を発注したというわけだ」

私は混乱しながら質問する。

「【彼】というのは？」

X先生の口ぶりから、だれか特定の人物のことを指しているらしいとわかる。しかし、心当たりがなかった。私が会ったことのない人物だろうか。

「あの山で働く者の大半は、俺がXという小説家だと思いこんでいる。だが、本当の俺は、Xという小説家のイメージを世間に浸透させるための偶像にすぎないのだよ。俺は作家ではない。作家のふりをする役者なのだ。実際は一冊の本も書いたことはない。若い頃、無名の役者だった俺は、【彼】に雇われ、小説家のふりをするようになった。すべては本を売るためだ。読者は小説を読む時、同時に作家自身を見ている。作家の世界観を堪能するために、その創作物を手に取る。だから俺は、せいぜい魅力的な小説家を演じてやったのさ。エッセイに書かれたような経歴もすべて嘘だ。俺はXという無頼派の小説家のイメージを崩さないため、大酒を飲み、夜の店で女を口説き、愛人を作って旅行をした。しかし実際の俺は何者でもないのだ。この真実を知っているのは、ほんの一握りだよ。【彼】と俺くらいのものだ。Xという小説家は俺のことではない。俺は、Xという小説家の、ほんの一部分でしかないのだ。一冊目を執筆した【彼】こそが、小説家Xの中心的人物だと言えるだろう」

「そんな……」

「信じがたいかもしれないが、事実だ」

「【彼】などという存在は、本当にいるんですか？」

「ああ。あの山で使用人のふりをして働いているよ。特別目立つ外見でもないから、大勢の使用人の中にうまく溶け込んでいる。俺とすれ違う時も、他の使用人がやるように立ち止まって会釈してくれる。使用人たちは、【彼】こそが私の雇い主だと気づかないまま、同僚のように接しているんだ。俺はそういう場面をみかけると、いつも肝が冷えるよ。俺にとって【彼】こそが敬うべき対象だからな」

車は田園地帯を抜けて町の郊外に入った。

「【彼】は秘密を守るため、きみを消そうとしていた。だが、俺が説得して引き止めてみせよう。あの御方は悪い人ではない。少々、秘密主義なところがあるだけなんだ。話せばきっとわかってくれると思う。あの御方は基本、山にいて、人里には下りてこない」

今、この車を運転するこの男は、一体何者なんだろう。

無名の役者？　本当だろうか？

いや、この人こそがX先生だ。すくなくとも私にとっては。あの山で暮らす使用人たちにとっても、X先生とは、この人のことなのだ。たとえ、一行も小説を書いたことがなかったとしても。

「X先生。私は、あなたのことが大好きな編集者を大勢知っています。だから、私たちにとって、あなたこそが小説家のX先生なんです。それだけは間違いない」

運転しながら彼は苦笑する。

「なあきみ、小説を書くって、どんな気分なんだ？　俺にはわからないんだ。どうしてあんな物語が思いつく？　あんなに長い文章を書くのって、大変じゃないのか？　苦労して書いたものが、読者に受け入れられなかったり、文句を言われたり、嘲笑を受けたりして、つらくないのか？　それなのに、なぜ小説を書き続けるんだ？　やめたくならないのか？　どうして小説を愛し続けられるんだ？　俺は、きみを尊敬しているよ。すべての小説家を尊敬している。俺みたいな凡人にはできないことをやってのけているんだから」

寂れた駅のロータリーに入り、X先生は車を停めた。私が車を降りると、彼も外に出てくる。彼が私に握手を求めた。大きく力強い手だった。

「会えて良かった。俺はこの話をだれかに打ち明けたかったんだ。このすさまじく滑稽《こっけい》な、俺の人生のことを」

弱々しく彼は笑った。ベストセラー作家というよりも、売れずに歳ばかりとってしまった役者のような表情だ。でも、皺だらけの象のようにやさしい目だった。車が走り去り、それが見えなくなってから、私は改札に向かう。彼に会ったのはそれが最後だった。

X先生の訃報を聞いた時、Aさんやその他の作家たちのことを思った。あの山でX先生の著作を作っていた者たちはどうなってしまうのだろう。心配だったが調査するつもりはない。三年前の件はすっかりトラウマになっていた。不用意に秘密に近づけば、X先生に【彼】と呼ばれていた存在から目をつけられ、今度こそ確実に消されるかもしれない。今の私がこうして存在しているのは、X先生が【彼】を説得してくれたおかげなのだろう。

パーティ会場のテーブルにデザートが並び始める。色とりどりの宝石のようなケーキや、カットされたフルーツたちだ。ドレスを着た若手の女性作家たちが集まり、皿に載せ始める。

出版社の社長の挨拶があり、パーティは終わった。ここからはそれぞれ親交の深いグループに分かれて夜の町へと散っていくのが恒例だ。X先生が存命の際、大勢の編集者に囲まれて文壇バーに向かう様を何度か見たことがある。自分とは別世界の人だと思っていたから、当時は遠くから眺めるだけだった。しかし今は、もっと話をしてみたかったなと思える。バーのカウンターに並んで酒を飲みながら、どんな人生を送ったのかを、じっくり聞いてみたかった。彼の人生は喜劇だっただろうか。それとも悲劇だっただろうか。

きらびやかな照明に彩られたパーティ会場から作家たちが出ていく。私もそれに続いた。

クロークの前で声をかけられる。知り合いの男性編集者だった。

「パーティ終わりにすみません。お声をかけるチャンスがなかったもので。今度、デビューする新人作家がいまして、ご挨拶させていただけたらと。お時間よろしいでしょうか」

彼の後ろに若い女性が立っていた。

初対面の、黒色のドレスを着た美人だ。

彼女が私の前に進み出てきて会釈をした。

ふわりと、彼女のまとう香りが漂ってくる。

「彼女には編集部も期待しているんです。ミステリも書けるし、ホラーも、恋愛小説も得意なんです。出版界の期待の新星ですよ」

編集者が言った。

私はうなずいて、彼女に微笑みかける。

「ええ、きっと、ベストセラーを連発するようになるのでしょうね」

少しだけ立ち話をしたが、彼女はしきりに謙遜《けんそん》していた。話を終えた彼女は、編集者に連れられて、絨毯《じゅうたん》の敷かれた廊下を遠ざかって行く。彼女の本はすぐに映像化が決まるのだろう。書店の目立つ位置に平積みされるようになるのだろう。そのような予感がする。

彼女が会釈をした時、漂ってきた香りを思い出して、懐かしさと、ほんのすこしの恐怖を抱いた。それは、あの山に立ち込めていた、格調の高い香木の香りだったからだ。

脳内アクター

一

スターシステムと呼ばれる作劇方法がある。日本では手塚治虫《てづかおさむ》先生の漫画が有名だ。手塚先生の漫画を何作も読むと、「このキャラクターの顔は別の作品でも見たような気がするぞ」という感慨を抱く。実際、まったく同じ顔のキャラクターが、別の作品では異なる役柄で物語に登場している。

例えばヒゲオヤジと呼ばれるキャラクターは、丸顔に白色のヒゲをはやした中年男性なのだが、ある時は少年とコンビを組んで準主役を演じており、別の作品では私立探偵として主演を務め、さらに他の作品では悪役として登場する。

海外のアニメ作品で例をあげるなら、『トムとジェリー』もこれにあてはまる。ハンナ・バーベラが作り出したキャラクターは、基本的には一般家庭に住むネコとネズミだ。しかし、ある回では中世の騎士となり、別の回では西部開拓時代の保安官となる。まるで、ネコとネズミの俳優が台本を渡され、そのお話だけの役柄を演じているようにも見える。

このように、同じ絵柄のキャラクターを俳優のようにあつかい、様々な役柄で作品に登場させる表現スタイルのことをスターシステムと言う。

ただし、本来の意味合いはすこし違うものだったようだ。演劇や映画を作る際、集客力の高い人気のある役者を起用し、それを前提として興行を行うシステムのことをスターシステムと呼んでいた。時代を経て意味合いが拡張されたのだろう。

私の知り合いのR先生は、スターシステムを利用して小説を書いている稀有《けう》な作家である。彼は、コメディタッチのライトなミステリ小説でデビューした。その後、ホラーテイストの作品や、十代のほろにがい青春小説など、様々なジャンルを発表し続けている職人作家だ。

「私は人物設定を考えるのが苦手なんです。特定の性格のキャラクターしか思い浮かばないんですよ。だからいつも、同じ奴らしか小説に出てこない。誰しも書きやすい性格の登場人物っていますよね。そいつらの登場する場面を書いている時は、筆がのって楽しく執筆ができる。私のデビュー作は、そういう奴らばかりを集めた作品だったんです」

R先生の言いたいことはよく理解できた。登場人物は作家の内面の映し鏡である。自分を投影できる登場人物の場合、執筆しながら自分のことのように一喜一憂できる。そうでない場合、まるで登場人物が他人のようにそっけなく思えて、執筆は重苦しいものになる。

「新しい作品を書く度に、キャラクターをゼロから作って書き分けることなんか、私にはできないんです。そもそも、登場人物の性格を考えるのに時間を費やすくらいだったら、プロットやトリックを練ることに時間を割きたい。デビュー作を出版して、二作目に取りかかろうとした時、ふと、思いついたんです。登場人物なんて、使いまわしをすればいいんじゃないかって。前の作品に登場させた奴らを、名前だけ変えて再利用すれば、案外、大丈夫なんじゃないか。小説は、漫画やアニメみたいに視覚の情報があるわけじゃないですよね。だから、同じ登場人物を使っても、名前が違っていれば気づかれないだろうって。……まさかそれが読者に受け入れられるとは思いませんでした。スターシステムを意図的にやったわけじゃないんですよ。登場人物の使いまわしをしていたら、いつのまにかスターシステムだなんて言われるようになっていたんです」

本来、小説でスターシステムの成立は難しいとされていた。小説という表現方法は、作家の内面と密接に結びついており、紡がれた言葉は作家自身の懊悩《おうのう》や人生観そのものである。読者は文字を通じて作家と一対一の対話を行っている。読者の魂が作家の魂に触れ、ある種の癒《い》やしが生じることが読書体験なのだから。

しかし近年、キャラクター小説と呼ばれる概念が生まれ、急速に普及し、キャラクター重視の創作が活発になった。ライトノベルなどはその代表的なものだろう。表紙が漫画調ではなくとも、一般文芸の中にも、キャラクター人気によって読者を獲得した小説シリーズがいくらでもある。小説の中にキャラクターが存在することは常識となった。それがR先生の作風をスターシステムとして成立させる助けとなったのだろう。

R先生の頭の中には劇団がある。

いつからか、彼の読者たちはそう表現するようになった。発表された作品の間に物語や世界観の関連はなく、人物名もそれぞれ違っているが、同じ人物がキャラクターを演じていると思える瞬間があるのだ。R先生は頭の中で劇団員に台本を渡し、演じてもらい、それを文章に書き起こしているのだ、と言われるとしっくりくる。

彼の頭に住む主要な劇団員は五人いる。デビュー作となった作品で主要キャラクターを演じた者たちだ。彼らは様々な名前でR先生の作品に登場する。描写される性格や言動、仕草や想起されるイメージにより、だれがキャラクターを演じているのかがすぐにわかった。

R先生の熱心な読者は、彼ら五人のことを、デビュー作のキャラクター名で識別している。男性が三名、女性が二名だ。

アカギレイト。通称、アカ。情に厚く涙もろい。その魂は熱く、何事にも熱心だが、そのため激高しやすいのが欠点である。

スズミヤアオイ。通称、アオ。冷静な性格の人物。一歩引いた視線で世界を観察している。情熱よりも論理で行動するタイプ。女性人気が高い。

キミヅカイリオ。通称、キイ。何事にも失敗してばかりいるいじられキャラ。力が弱く、愛想笑いしていることが多い。だけど心はやさしい。他人の痛みを理解できる人物。

この三名が男性の劇団員だ。作品によって彼らは十代の高校生を演じることもあれば、三十代のサラリーマンを演じることもある。【加齢により頭髪がうすくなってきた】などの外見描写が登場してもイメージがぶれることはない。演者が年齢を重ねたメイクをほどこして物語に出演している様が思い浮かぶ。

R先生の熱心な読者は、作品ごとのキャラクターを楽しんでいるというよりも、キャラクターを演じている劇団員を推すことに喜びをみいだしていた。

ある作品では、アオが殺人犯となりキィを殺してしまう。その秘密を暴くのが主人公のアカだ。二人は敵対関係として描かれる。

しかし別の作品で、アカとアオは兄弟を演じ、家族の絆《きずな》によって結ばれている。二人は力を合わせて困難に立ち向かい、その様は感動的である。

作品によって立場や関係性は変化するが、演者が同じなので、読む側は不思議な感慨を抱く。一部の女性ファンは「前世だときみたち敵同士だったのに現世では兄弟なんだね。良かったね」という読み方をして楽しむ。普通の小説では味わえない特別な読書体験である。

ミヤザキモモ。通称、モモ。かわいらしい容姿。背が低く、幼く見られることを気にしている。天然な言動をするが、それらはすべて意図的なものである。

クロヤナギリオ。通称、クロ。黒髪の美女。手足が長いモデルのような体形。クールな言動。

この二名が女性の劇団員だ。熱心な読者であるほど、モモ派とクロ派にわかれる傾向にある。

R先生のもとには「モモを活躍させる話をぜひ書いてください」というお手紙が届いたり、編集部にも「先日の作品はクロの出番が少なすぎでした。彼女を中心にした話を希望します」などの投書があったりするという。

ある作品では、キイとモモが恋愛関係に陥るキャラクターを演じていた。別の作品では、モモとアオが夫婦として登場する。

クロとアカがコンビを組んで難事件に立ち向かう探偵作品もあった。クロが引きこもり気味の探偵役で、アカが熱血警官の役だ。

R先生が私に説明してくれた。

「話を考える時、次はこの子に何の役を演じさせたらおもしろいかな、ってところから発想するんです。アオとキイが禁断の愛を育《はぐく》む話なんて、特に反響がすごかった」

R先生の著作はシリーズものではない。それぞれの作品は単体で完結している。しかし彼の作品は、キャラクターを演じる劇団員の存在によってすべて繋《つな》がっているとも言える。そのため、新作であっても、既存の読者が思わず手にとりたくなる雰囲気がある。登場する顔ぶれが同じなので、慣れ親しんだシリーズのように感じられるのだ。「今回はいつもの五人が無人島に漂着するらしいぞ」などと、シチュエーションを変化させながら、いつものメンバーによる安定の会話劇が保証される。

「おもしろい創作方法ですよね。R先生みたいなやりかたをしている作家、他に知りませんよ」

私は素直に感想を述べた。

「でも、ある時期から、困ったことになったんです」

「困ったこと、ですか？」

「ええ。タルパとして、見えるようになってしまったんですよ、彼らのことが……」

タルパ、とR先生は言った。

トゥルパと発音するのが正しいのかもしれないが、タルパの方が日本では一般的だろう。チベット語で【化身】を意味する言葉である。本来はインド仏教やチベット仏教で使用されていた概念らしいが、二十世紀に欧米の神学者がその概念を誤解して広めた結果、【精神修行で作り出したイマジナリーフレンドのようなもの】という意味で現在は使われている。

R先生は、恥ずかしそうに頭をかきながら告白する。

「一人でいる時、小説のことばかり、考えていました。悩んだら頭の中の五人に相談するんです。こういう役はどうだろう、とか。あんな役を演じてみる気はないか、とか。部屋でぶつぶつとつぶやきながら、私は彼らと対話するんです。私にとって、演者側の気持ちが大事でした。楽しんで役になりきってくれた作品は、やっぱりいいものに仕上がってくれますからね。でも、彼らが脳内で実在するかのように振る舞っていたからでしょうか。彼らが、ある日、私の前に現れたんです。脳内から出てきて、私の部屋を歩き回るようになったんです」

二

最初にR先生と言葉を交わしたのはずいぶん前のことで、編集者主催の飲み会の席だったと記憶している。当時はまだお互いに若く、出版した本の数も少なかった。はたしてこの先、作家業を続けていけるのかという悩みばかり相談した思い出がある。

一軒目の店を出て、二軒目に移動する途中、印象にのこる出来事が起きた。あきらかにホームレスとわかるみすぼらしい恰好《かっこう》をしたおじいさんが、信号のある横断歩道を渡っている最中、転んでしまったのだ。

私や編集者やその他の作家は、「ああ、転んでしまったな」とホームレスを横目で見ながら素通りしてしまった。しかしR先生は違った。その人に近づいて「大丈夫ですか？」と声をかけながら起き上がるのを手助けしたのである。

このような瞬間、人の好《よ》さというものが垣間《かいま》見えるものだ。素通りしてしまった我々は、まったく非情な人間である。

R先生の著作を読んでいると、やさしい目線を感じることがあった。

「私には家族がいないんです。両親は幼いころに離婚して、母についていったんですが、その母も私が成人した直後に亡くなりました。父親とは音信不通ですし、母方の親類もいないし、それからずっと一人なんです。友人もいないし、自分がだれかと結婚できるとは思えない。これからも東京で一人、生きていくんだろうなと覚悟しています」

孤独を知る者は、他者の痛みも自分のことのように理解できるのだろう。だから彼の作品はやさしい。

消えていく作家が多い中、出版業界で私たちは何とか生きのこった。彼はスターシステムを取り入れて独特の作風を確立した。私は何故か「怪と幽」などの怪談系雑誌からお呼びがかかって雑文を寄稿している。

R先生とはパーティなどで顔を合わせる機会はあったが、ゆっくりと創作について話をすることはなかった。しかし、今年に入って編集者が、R先生との飲み会をセッティングしてくれたのである。

最近、私はスランプに陥っていた。書くべき内容は事前にノートにまとめているのだが、パソコンの前に座ると、どういうわけか文章が出てこない。調子のいい時は流れるようにすらすらと言葉が出てくるのに、スランプに陥ってしまうと、点滅するカーソルを見つめながら一文字もタイプすることなく何時間も経っていることがある。

編集者に相談してみたところ、R先生も現在、似たような状態に陥っていると聞いた。それで私はすっかりうれしくなる。自分以外にもスランプの作家がいるという情報は、なんと心を安らかにさせるのだろう。

「それはいい話を聞きました。R先生ほどの作家でも書けなくなるのだから、私が書けなくなるのも無理はありません」

「じゃあ今度、飲み会をしましょう。お二人で傷の舐《な》めあいをするといいですよ。マイナスとマイナスを掛け合わせたらプラスになるはずですから」

編集者のよくわからない理論で、私たちは中央線《ちゅうおう》沿いの駅に集合して酒場へと入ったのである。

久しぶりにお会いするR先生は、以前よりもすこし服装が派手になっていた。本が売れているのかもしれない。勘定は編集者が経費で落としてくれるとのことで、私たちは気兼ねなく高い酒を注文した。

料理を食べながら、近況を報告し合う。お互いのスランプの状況を笑いながら話し、同席している編集者はしぶい顔をしていた。

ほどよく酔いが回りはじめ、創作に関する話になり、彼のスターシステムについて深く掘り下げて聞いてみることにした。そこには打算もあった。スターシステムが私にも真似をすることができるのなら、ぜひやってみたいものだ。スランプを打開するヒントになるかもしれない。どのような訓練をすれば、キャラクターというペルソナを被《かぶ》った劇団員の存在を、小説の中に顕現させることができるのだろうか。

R先生の成功を目の当たりにして、スターシステムを試みる作家は他にも何人かいた。しかしどれも成功していたとは言い難い。途中で飽きたのか、それとも手応《てごた》えを感じられなかったのか、すぐに普通の書き方にもどってしまった。R先生にだけスターシステムを可能とさせるノウハウのようなものが、何かあるのかもしれない。

しかし、話題がタルパの話になると、本来とは違った意味で興味を掻《か》き立てられた。スランプからの脱出など、ひとまず忘れていい。これは予想外にいかれた話だ、という予感がした。私はこの手の奇妙な話が何よりも好きなのだ。


「読者の方に指摘されたことがあるんです。私の場合、小説を書く時、頭の中の劇団員たちに演じてもらいながら、それを文章に書き起こしているんじゃないかって。以前は無自覚でしたが、言われてみれば確かにその通りだなと。私の頭の中には、デビュー作で主要キャラクターを演じてくれた五人がいて、舞台袖《そで》で自分の出番を待っているんです」

パソコンの前で執筆する際、R先生の頭の中には、小説の舞台空間が広がっている。劇団員たちが入れ替わり立ち替わりそこに出てきて、与えられた役柄になりきって台詞《せりふ》を口にするという。

「事前に決めておくのは、おおまかな物語の流れだけ。後はそれぞれが、自分の役柄に合った動きをして、アドリブで台詞を言い合い、それを私が文章に書き起こすというわけです。もちろん、うまくいかない時もある。その場合、もう一度、その場面を演じてもらいながら、さっきとは違う動き、異なる会話を展開してもらうんです。五人ともお互いの性格を熟知していますから、こんな話をすれば、相手がこんな反応をするだろうって、何となくわかるみたいです。とにかく、息がぴったりなんですよ」

R先生は演出家であり、脚本家であり、舞台の美術監督でもあるらしい。脳内劇団員たちが演技をする舞台場を頭の中に作り出し、そこで繰り広げられる即興劇こそが彼の小説の正体だったのだ。

「R先生の声が、彼らにも聞こえているんですか？」

「ええ。でも、声だけではありません。私の体はパソコンの前にあるのですが、同時に私は彼らと同じ空間にもいるんです。こんな風に動いてほしいとか、こういう表情をしてほしいとか、実際に身振り手振りをまじえて対話するんです」

「脳内の五人の前に、R先生のアバターが立って、いろんな指示出しをしてるってことですか？」

「その方が手っ取り早いんですよ。彼らも、私が目の前で見ていると、いい意味で緊張感が生まれて、やる気が出るみたいです。私が想像もしていなかった素晴らしい場面が、彼らの機転とアドリブ力で創造されることがあるんです。そんな時は、演じ終わった彼らに駆け寄って五人全員と握手をするんです。現実の私はパソコンの前にいて、彼らの創造した場面を必死に書き綴《つづ》っているんですけどね」

「現実と幻想がごちゃまぜになりそうだ」

「実際、疲れてる時なんか、境界が揺らいでいましたよ。自分が今、どっちにいるか、わからなくなるんです」

ある日、彼が椅子に座って休んでいたら、後ろにだれかがやってきて、肩を揉《も》みはじめた。

彼は一人暮らしだから、部屋には自分以外にだれもいないはずなのに。

ぎょっとして振り返ってみたら、劇団員のアカが椅子の後ろに立ち、彼の肩を揉んでいたという。そこでようやく彼は、現実の世界で休んでいるのではなく、脳内に作り上げた小説の舞台セットの椅子で休んでいたのだと気づいたそうだ。

「ずっと一人で暮らしていましたから、私は、だれかと対話したかったのかもしれませんね。小説を書いていない時でも、頭の中で彼らと一緒に時間を過ごすことが多くなっていきました。お酒を飲みながら、脳内に作った私の部屋に彼らを招いて、一緒におしゃべりをするんです。彼らにもそれぞれいろんな悩みがあるみたいで、相談にのってあげることもありました」

「例えば?」

「モモは読者からの誹謗《ひぼう》中傷に苦しんでいました。彼女が作中で、かわいらしい女の子を演じると、【馬鹿のふりをして異性にアピールしている】とか【あざとさが鼻につく】などと言われるんです。私は彼女をなぐさめ、元気づけました。実際、彼女は何も悪くはなかった。彼女の演技を文字に書き起こす際、私に文才がなく、適切に描写できなかったのがいけないんです」

R先生の頭の中にいる劇団員たちは、それぞれに人格を持っており、実在する人間と同じように悩みながら、小説に出演しているらしい。

「作家生活が長くなるにつれて、彼らとの対話は日常になりました。彼らの声が、本物の音声と同じように、私の鼓膜を震わせているように聞こえてくるんです。特にアオとの対話は便利でした。アオは頭脳明晰《めいせき》で、私とは違って計算が得意ですからね。日常生活でちょっとした暗算をしなくてはいけない時も、脳内の彼に聞けばすぐさま答えが返ってくるんです。不思議でしょう？」

まずは幻聴から始まった。次第に脳内に住んでいた者たちが、彼の現実を侵食しはじめる。

「そのうち、同じ部屋にだれかがいるような気配を感じるようになりました。視界の隅に人が立っていたように思える瞬間があるんです。不気味さはありません。むしろ、ようやく彼らが、こちら側に来てくれたんだというりれしさがあった。私はタルパという言葉の存在を知っていました。小説執筆という共同作業を経て、彼ら五人をタルパとして顕現させることに成功したのです」

ある日、R先生がソファーに体を預けてぼんやりしていたところ、長い黒髪の女性が視界の隅を横切ったという。クロだった。ふわり、と花のような香りがしたそうだ。

R先生が身を起こして室内を見渡すと、キイが緊張した様子でダイニングの椅子に座っている。アオは腕組みして窓から外を見ており、モモは壁に飾られた絵を眺めている。部屋の中心には、アカが立っていた。

「先生、おはよう。今日はどんな場面を執筆するんだ？　昨日の続きをやるかい？」

アカが話しかけてくる。演技をしたくてたまらないといった様子で。R先生におどろきはなかった。そこが脳内ではなく現実世界の自宅だと理解しても、彼らがその場に立ち、存在していることが、自然なことのように思えたという。

三

私は彼らの存在を受け入れました。脳内に留《とど》まっているより、実際に目の前にいてくれたほうがいいに決まっています。様々な点で彼らの実在感は増してゆきました。窓辺に立てば顔に光が当たり、反対側には影ができる。脳内にいる時は曖昧《あいまい》だった陰影が目の前で詳細に観察できました。近くに行けば香水や整髪料の香りが漂ってくる。身じろぎをすれば彼らの足元でかすかに床が軋《きし》む音がする。すべては私の脳が錯覚を起こしているにすぎません。彼らは実際にはそこにいないのですから。

だけど私は目の前の彼らを観察し、言葉で描写し、小説に反映させることができました。彼らの演じる小説のキャラクターは、より迫真性を伴って読者に届いたことでしょう。

彼らは常に私の部屋に居座っていたわけではありません。彼らにはそれぞれ自宅があり、用事のない時間は消えていました。私の脳内のどこか奥深い所に、彼らの住む町があるのでしょう。午前中、小説の執筆をする時間になると、まるで会社へ出勤してくるかのように、どこからともなく彼らが集まってくるんです。

脳内で演技をしてもらうというやり方も続けてはいました。例えば大掛かりなセットが必要な場面などは、やはり脳内で演技をしてもらったほうが都合がいい。しかし単純な会話劇の場面は、私の部屋で実際に掛け合いをしてもらうことが多くなりました。

彼らはタルパとして現実世界に顕現すると、自我がより明確になり、自分のやりたいこと、要望などをはっきりと示すようになりました。

「先生、俺、アクションをやりたいんです。何とかなりませんか。血湧き肉躍るような奴、書きましょうよ」

テレビを見ながら夕飯を食べていると、アカが現れてそんなことを言うんです。テレビに映し出されたアクション映画のコマーシャルに影響されたのでしょう。

「走る列車の屋根を移動しながら戦うような、そういう場面を書いてくださいよ。俺、がんばりますから」

そんな小説、自分に書けるとは思えませんでした。そもそも日本の鉄道環境で屋根の上を移動することなんかできるのでしょうか。東京を舞台にした場合、一駅の距離が短すぎて、屋根の上に出たと思ったらすぐに次の駅で停車してしまいそうです。

「大丈夫だよ先生。架空の世界にすればいい。世界観の設定が難しかったら、俺たちが手伝いますよ。だからお願いしますよ」

悩みましたが、その時期、他に書きたい話が特になかったので、試しに中編小説を書いてみることにしました。架空の都市を舞台にしたサイバーパンクです。アオがＳＦ設定を考案し、世界観の構築に貢献してくれました。アカは走る列車の上で悪人との追いかけっこを演じ、読者からの反応も上々でした。自分にこんな作品が書けるのかと驚いたものです。私一人だったら、考えもしなかった方向性でした。

「私、ファッション業界が舞台の小説に出演したいな。かわいらしい服をいっぱい着てみたい」

モモが言いました。これまで興味のなかった分野です。しかし彼らは協力的で、私が物語の展開や文章につまっていると、様々な提案で手助けしてくれました。

「この文章が間違ってるよ、先生」

アオは文章校正能力にもすぐれていました。執筆中のパソコン画面を横から覗《のぞ》きこみ、一瞬で誤字脱字を発見することができたんです。私よりも知能が高く、凡人には思いつかないレベルのトリックを考案してプロット作りを手伝ってくれました。

また、私にはよくわからない女性の心の機微について描写をする際、クロが私の横に座ってサポートをしてくれました。

「先生、私の言う通りに書いてね」

クロが口にする文章を、私が文字入力するんです。その瞬間、私は作家ではなく、ただの記録係でした。クロには詩人の才能があったらしく、紡がれた言葉は女性の内面を豊かに表現していました。

彼らは執筆に口出しをするようになりましたが、すべてが良い方に回っていました。彼らとのセッションを楽しみながら、私は次々と本を刊行し、読者は大いに楽しんでくれました。

ただ一人、キイは悩んでいたみたいですが……。

「僕は、どうして人気が出ないのでしょうか」

私が歯磨きをしている最中、キイが後ろに現れてつぶやきました。読者からの人気がないことを、彼は気にしていたようです。他の四人にくらべて彼には華がありませんでした。冴《さ》えない風貌《ふうぼう》のいじられキャラという立ち位置で、際立った個性がありません。

私は彼に言いました。小説にはきみのような存在も必要なんだよと。

「そうですよね。僕みたいな平凡な人間に、読者は感情移入してくれるのかもしれませんね。僕、これからも、がんばります」

キイはそう言って、その日は帰っていきました。私は彼の悩みについて、それほど深くは考えていませんでした。何人か集まれば、人気の差は必ず出る。それは仕方のないことですから。

その時期、私の著作が映画化され、すべてが順調でした。担当編集者と一緒に撮影現場へ行き、有名な役者さんたちと挨拶《あいさつ》を交わしました。対談をこなし、忙しく日々が過ぎていきました。

完成した映画を、劇団員たちといっしょに鑑賞しました。映画会社から完成直前の状態の映像ディスクが届き、部屋のディスプレイをみんなで囲んで眺めたのです。

劇団員たちは、小説で自分が演じた役柄を、他人が演じていることに対し、興味津々という様子でした。

「この子のお芝居、ひどいと思わない？　私だったら、もっとうまく演じてたのになあ！」

モモは不満そうに言いました。彼女が小説で演じたキャラクターは、映画会社の判断により、新人アイドルが配役されていたのです。

「まあそう言うな。いわゆるスターシステムだ」

アオがモモをなだめます。

「この子が出演を快諾したから、一定の集客が見込まれ、この予算で映画が作れたわけだからね」

他の者たちも、それぞれに映画を楽しんでいました。映画が終わると、私たちはワインをあけて乾杯をしました。実際のグラスで飲んでいるのは私だけでしたが、彼らもいつのまにか架空のグラスで架空のワインを飲んでおり、酔って上機嫌になっていました。

酔いつぶれたキイの顔に、女性陣が落書きをしていました。それを見て、アカとアオが笑っていました。みんなの楽しげな声が、私一人しかいないはずの部屋に響いているんです。デビュー作以来、長い付き合いになる彼らのことを、私は、本物の家族のように感じていました。

幼い頃に両親が離縁し、部屋で一人で過ごすことが多かったんです。だから、にぎやかな部屋というものに憧《あこが》れがあったのかもしれませんね。

「シロイズミノアって子、次回作でも出しませんか？　脇役なのに印象的でしたし、僕、あの子の出演作をもっと見てみたいです」

数年前のことです。担当編集者が、そんな話を持ちかけてきました。

シロイズミノアは小説の端役として登場した女の子でした。劇団員のだれかが演じたわけでもない、物語の背景に位置していたような人物です。

私の小説の場合、劇団員の演じているキャラクターは生き生きとしていますが、それ以外は無個性であることが多かった。端役の人物は顔が見えず、あくまでも小説を成立させるためだけにそろえられたエキストラであり、背景同然の存在なのです。

しかし、どういうわけかシロイズミノアという端役は担当編集者の印象に強くのこったらしく、このようなお願いをされることは異例でした。

「R先生の小説のヒロインって、これまで、モモさんか、クロさんの、どちらかが演じることが多かったですよね。だから、それ以外の女の子が新鮮に感じるんです」

確かにそうかもしれない。担当編集者の意見はもっともでした。長いこと同じメンバーで小説を作ってきましたが、その弊害として、マンネリ感が漂っていたのでしょう。

シロイズミノアは一作きりの端役として登場し、出演場面もそれほど多くありませんでした。与えられた台詞も、ありきたりのものです。しかし、読み返してみると確かに、彼女の登場場面には、これまでにない新鮮さがあるように思いました。

「R先生の脳内に住んでいる劇団員を、もう一人、増やしましょうよ」

担当編集者は言いました。

でも、どうやって？

「いっしょに考えましょう、シロイズミノアという女の子について」

私は担当編集者の言葉に従い、次の作品にも彼女を登場させてみることにしました。彼女は純真無垢《むく》な性格で、透明感のある、ひたむきな少女として描くことにしました。すると不思議なもので、キャラクター名は異なるのに、前作に登場したシロイズミノアであることが読者に伝わったようです。その頃から彼女は、シロという呼び名で読者たちに語られるようになりました。私の小説に、変化が起こり始めたのです。

四

シロイズミノア。通称、シロ。

新人の脳内劇団員は、好意的に読者から受け入れられた。その反応に気を良くしたR先生は、彼女の出演場面を増やしてさらなる新作を執筆したという。

「最初は姿がぼんやりとしていました。でも、小説への出演を重ねるうちに、明確な人物像をともなうようになったんです。いつからか彼女の発した台詞は、声として私の脳内に響くようになっていました。心が洗われるような、凜《りん》とした若々しい声でした」

彼女もいつか、他の劇団員のように、部屋の中に顕現する日が来るはずだ。彼はそう予感したという。

脳内ではすでに、彼女は一人の人間として二本足で立っていた。彼の台本を受け取り、小説のための演技をしてくれた。他の劇団員たちは、シロという新人が発掘されたことに対し、それぞれ異なった思いを抱いていたらしい。

「アカとアオは彼女の透明な存在感を絶賛していました。一方、モモとクロは当初、戦々恐々としていましたね。ヒロインの座を奪い合うライバルが増えたわけですから。でもその頃、モモとクロとシロを三姉妹の主人公として描いた小説シリーズがはじまったんですよ。二人は一転して末っ子のシロをかわいがるようになりました」

問題はキイだった。シロの人気が上昇し、作品への露出が増えると、彼の出番は一気に減った。R先生や担当編集者がシロのことばかりに意識をむけていたせいで、キイの配役をすっかり忘れていたこともあったという。

次第にキイは、エキストラ同然の目立たない役ばかり与えられるようになった。そのことを不満に思う読者もいなかった。読者は、シロと他の劇団員たちの新鮮な掛け合いを楽しんでいたからだ。

「先生、僕にも何か、印象にのこる役をください。がんばって演じますから。お願いします」

深夜、R先生がベッドから起きてトイレに向かっていると、廊下の暗がりにキイが立っていた。彼はすすり泣くような表情で訴えかけたという。

「わかったよ。いつかそのうち、きみが主人公の話を考えるから」

嘘だった。しかしキイはそれを信じた。

「ああ、先生。良かった、僕のこと、わすれてなかったんですね。絶対ですよ。約束ですからね」

「約束するよ。きみを主演に小説を書く。きっとそうするから、今日はもう、帰ってくれないか」

「ありがとう、先生。本当に」

うれしそうな顔をして、彼はいなくなったそうだ。


中央線沿いの酒場にて、私はR先生の話に聞き入っていた。スターシステムを利用した小説の執筆は、私が想像していたよりも異様だった。彼の脳内に住む劇団員たちは、それぞれ人格を持ち、彼と対話をするという。それではまるで、多重人格者ではないか。

彼の真似をしてスターシステムによる小説執筆を試みた者たちが、軒並み失敗したのもうなずける。R先生のように、解離性同一性障害を疑われるレベルでなければ、キャラクターを演じる脳内劇団員などという存在を生み出せないのだろう。

R先生は日本酒を飲みながら当時のことを語ってくれた。

「シロが劇団員として順調に成長してくれたことは幸運でした。彼女を主人公に据えた小説は重版がかかり、読者はシロの物語に魅了されていました」

「キイはその後、どうなりました?」

するとR先生は、思い出したくもないという顔になる。

「あいつは駄目でしたよ」

「駄目とは、一体」

「あいつが、あんなにやっかいな性格をしているとは思わなかった。自分をもっと小説に出してくれって、事あるごとに私の前に現れて主張するようになったんです」

R先生が外出して路地を歩いている時、電柱の陰から現れて、約束が違うじゃないかと、暗い顔をして話しかけてきたという。駅のホームで電車を待っている時も、行き交う人の間に立ってにらんでくる。自分を主演に小説を書いてくれると言ったのに、いつになったら書くんだと、無言で訴えかけてくる。担当編集者と喫茶店で打ち合わせをしている時も、店内の観葉植物の向こう側に潜んで視線を向けてきた。

「キイは気弱な性格だし、乱暴なことはしてきませんでしたが、正直、嫌気がさしました。まあ、彼らが私に対して乱暴なことなんてできるはずないんですけどね。私の心が生み出した幻のような存在だから、物理的な危害など加えられるはずがないのです」

その代わり、力ずくで彼を排除するということもできなかった。目の前に現れた彼を押しのけようとしても、煙に手を押し付けたみたいに、すり抜けてしまうのだ。

R先生は彼にすっかり辟易《へきえき》していた。夜道を歩いている時、待ち伏せしているキイの姿を見て、どきりとさせられたことも一度や二度ではない。ベッドで眠ろうとする時も、キイは枕元に立ち、小説への出演を懇願し続けた。

「ノイローゼになるかと思いました。あいつの顔を見ると恐怖するようになって、小説どころじゃなくなったんです。それに、あいつの顔は、どこか以前とは違っていたんです。崩れているというか、歪んでいるというか……。私の中にある、彼のイメージが、変質してしまったせいでしょうか。それに気づいた時、ああ、こいつはもう終わってるんだな、と思いました。役者として、終わっているんだなって」

約束がちがうじゃないか。

キイは繰り返し言った。

彼を主演に据えた小説を執筆するという嘘を、いつまでも信じていた。

「しょうがないですよね。人気のある役者ばかりが起用され、そうでない役者は日陰の位置に押しやられる。それが現実です」

「彼は今もR先生を待ち伏せして現れるんですか?」

「いいえ、あいつはもう、いなくなりました」

「納得してくれたんですか?」

「残念ながら駄目でした。最後まであいつは主張していましたよ。もっといい役を、と……」

キイの存在によってR先生の心が乱れ、小説執筆に不調が出た。そこで他の劇団員たちが、なんとかしなければと、行動に移したそうである。

「彼らはタルパであり、私の脳が見ている幻のようなものです。実際に触れられるわけではないため、私には、物理的にキイを取り押さえて排除することができません。しかし、キイと同じ存在である彼らなら、触れられるし、つかまえることができる。だから、私たちはある日、計画したのです」

「何をです？」

R先生は周囲に声が聞こえていないのを確認して言った。

「あいつを殺すことにしたんですよ」


激しい雷雨の夜でした。

窓ガラスに雨がぶつかるように打ち付け、時折、空が白色に輝きました。

私がウイスキーを飲みながら部屋で小説のプロットを練っていると、部屋の奥の暗がりに、だれかの立つ気配があったんです。

すすり泣くような声を発しながら、細身の男の影が現れました。

「先生、僕をどうか、小説に使ってください。このままでは、僕は、みんなに忘れられてしまいそうで、怖いんです。たまらなく不安で、落ち着かないんです。みんなに忘れられたら、きっと、僕は消えてしまうでしょう。だから、小説に僕を出してほしいんです。どうか、お願いですから」

空が輝くと、彼の姿が暗がりの中に浮かびました。

キイは顔を覆って泣いていました。

「悪いが、きみの居場所はもうない」

私がそう言うと同時に、あらかじめ部屋に潜んでいた他の劇団員たちが飛び出しました。いっせいにキイへと飛びかかり、羽交い締めにしたのです。

キイはおどろいて抵抗しました。しかし無駄です。そもそも彼は貧弱で喧嘩《けんか》には弱いという設定でしたから。床に仰向《あおむ》けに組み敷かれた彼は、悲しみを湛《たた》えた目で私を見ていました。歪んでしまった彼の顔に、私は怖気《おぞけ》立ちました。

アカが馬乗りになり、彼の首を絞めました。暴れる彼の腕をアオが、左右の足をモモとクロが押さえつけていました。シロはいません。彼女はまだタルパとして顕現していませんでしたから。それに、わざわざこのような場面を見せる必要はないでしょう。

腹の底に響き渡るような雷鳴が起こり、電気が不安定になって部屋の照明が明滅しました。苦しみ、もがくキイの声が、やがて小さくなりました。抵抗は弱々しくなって、ついには動かなくなったのです。

キイは二度と起きませんでした。私の小説で様々な役を演じていた劇団員のキイは、そうして死に、消滅したのです。彼の遺体は、彼らがどこかへ運び去りました。部屋には何ものこりませんでした。そこでだれかが死んだという痕跡《こんせき》も、何も。

私が罪に問われることはないでしょう。その晩、私たちが殺したのは、実体のない存在でした。たまに読者からのお便りで、キイはどこへ行ったのか、と問うものがあります。最近、彼が小説に登場しないことを不審に思ったのでしょう。私は回答せず、無視をつらぬきました。シロの活躍が目覚ましく、やがてキイの不在に言及する声は聞こえなくなりました。

R先生の独白が終わり、閉店時間が迫る。店内にいるのは私とR先生と飲み会を提案した編集者の三人だけだ。私の担当編集者も、R先生の話は初耳だったらしく、その内容におどろいていた。

私はR先生の著作を最近は追いかけていなかった。女の子の劇団員が新規参入していることは何となく知っていたが、キイと呼ばれる劇団員がいなくなっていることには気づいていなかった。

脳内劇団員は、R先生が想像の中で作り上げた存在であり、実在するものではない。それでも消滅に対する恐怖はあったのだろうか。話を聞きながら、私はいたたまれない気持ちになった。

編集者が経費で会計をしてくれた。

店を出て、夜の東京の町をすこし歩くことにした。

「お互い、執筆をがんばりましょうね」

R先生が言った。ふと、私は疑問に思う。

「そもそも、どうしてR先生は今、スランプなんですか？」

私たちはお互い、小説がうまく書けない状態である。

「私にもよくわからないんですよ。以前と同じように、劇団員たちと相談しながらプロットを練っているんですけどね、なぜか調子が出ないんです。まあ、そういう時期もありますよ。そのうちまた、書けるようになるでしょう」

確かにその通りかもしれない。これまでも、時間がたったらまた自然と書けるようになった。

潔く今は作品を吸収する時期だと考えた方がいいのだろう。書けなくて悩むより、様々な作品に触れて心を豊かにすることを楽しんでおこう。書けるようになった時、芸の肥やしになるはずだ。

その時、ホームレスと思われる老人が道にうずくまっているのが見えた。私たちはその近くを素通りする。ぷん、と鼻をつく悪臭が漂ってきた。

R先生が歩きながら言った。

「ああ、臭い。まったく、目障りだ」

小さなつぶやきだった。私の耳がその声を拾ったのは偶然である。

……おかしい。以前のR先生だったら決して言わなかった言葉だ。初対面の時、横断歩道で転んだホームレスを助け起こしていたではないか。私は想像する。登場人物は作家の内面の映し鏡だ。R先生にとって脳内の劇団員は、彼の心と繋がった存在だったのではないか。彼が殺したキイという脳内劇団員は、気弱で貧弱ではあったが、他人の痛みがわかる人物だった。彼を殺し、消滅させたことにより、R先生の精神の一部までもが機能停止してしまったのだとしたら……。

いや、よそう。すべては私の想像だ。

でも、しかし……。

駅に到着した。私とR先生は反対方向だったので、別のホームに向かう。駅構内で別れる時、お互いに会釈をした。背中を向けて去っていく彼の姿が、終電間近で忙《せわ》しく行き交う人々の中に消えた。

後日、気になってR先生の最近の著作を取り寄せて読んでみた。彼の書いた物語は以前よりも売れており、様々な批評家が、透明感のある女性キャラクターへの賛辞を口にしていた。しかし、以前は確かに行間から感じられた、やさしさや慈しみの目線は失われており、私は悲しくなった。

ある編集者の偏執的な恋

一

小説家と編集者の関係は説明が難しい。

小説家は物語を執筆する。

編集者はそれを本にして社会へ送り出す。

小説家が畑で野菜を収穫する農家のようなものだとすれば、編集者はその野菜についた泥を綺麗《きれい》に洗って袋に詰め、「この野菜はとてもおいしいですよ」という宣伝をしながら売り場まで届ける工程を担っている。

小説家は執筆をするにあたり、他人の力を必要としない。小説を書く時、つねに一人だ。孤独に自分の内面へと沈み、心の奥底に散らばっている言葉のかけらを拾い集めるようなことをやっている。個人主義の極致のような職業だ。一方、文芸編集者の場合、まず小説家が小説を書かなければ、本を作ることはできない。パブリックドメインになった過去の名作を編纂《へんさん》するというのなら別だが。

では、小説家と編集者をくらべた時、小説家の方が立場が上だろうか？

いや、かならずしもそうではない。

編集者は仕事相手の小説家を選ぶことができる。売れない小説家は切り捨てられ、仕事が来なくなるだろう。そもそも、趣味で小説を書いていたようなただの一般人を、小説家という職業に仕立て上げるのは編集者たちだ。個人が脳内で妄想していた物語に価値を見いだし、社会性を持たせて商品にするのが編集者の仕事なのだから。

　小説家と編集者は、微妙な力関係で成り立っている。どちらが上でも下でもない。これは夫婦のようなものだ、などと言ってみたいものだけど、私は結婚したことがないからそう表現していいのか自信がない。

　結婚と言えば、知り合いの女性編集者が結婚をした。

　彼女が未婚だった時代、質問を受けたことがある。

「とある作家さんとお仕事をしたいのですが、どのように原稿依頼をすれば引き受けてもらえるのでしょう。何かコツってあるのでしょうか。この編集者となら仕事をしてもいい、小説を書いてもいい、と思えるような依頼の方法があったら教えていただけませんか」

「そんなものはないですよ。作家は基本的に小説を書きたくないと思ってますから」

「それって先生だけでは……」

「いえ、世界中の作家がそう思ってますから。仕事なんてしたくない、寝転がって音楽でも聴いていたい、パソコンの前に座るのがつらいって。まあ、一握りの意欲的な作家は違うのかもしれませんが、それは若いからです。出版界で働いているうちに、次第にやる気は失《う》せていって、心が空虚になっていきますから」

「夢も希望もないですね」

「質問の答えですけど、編集者と作家の間に信頼関係が作られていたら、仕事をしたいって思えますよ。まずは信頼関係を築くところからはじめたらいいんじゃないでしょうか」

「信頼って、どうやったら得られるんでしょうか?」

「飲み会です。会社のお金で高いお酒を飲ませるんです。それから、とにかくその作家を褒めちぎるんです。全人格を肯定するんです。作家は段々といい気分になって、この編集者は信頼できる、と錯覚しますから」

「錯覚でいいんですか?」

「いいんですよ。原稿をもらう約束さえ取り付けられれば錯覚でもなんでもいいんです」

そんなやりとりをしたのは、何年前のことだろう。

当時の会話を思い返してみたけれど、その作戦には重大な欠陥がある。小説家が全員、酒を飲めるわけではない。編集者と食事をすることが苦痛だという者もいる。人付き合いが苦手だったりするタイプの作家だ。その場合、食事に誘うのは逆効果になるだろう。それを察しない編集者というのは意外と多い。作家側がストレスを感じているのに、頻繁に会おうとする編集者だ。

小説家のD先生の身に訪れた悲劇は、その問題が限界まで膨らんだものだったのかもしれない。

D先生は細身で寡黙な純文学系の作家である。大学時代に文学青年だった彼が、一念発起して自分でも小説を書いてみようと思ったのは、傑作小説を書いて文芸の歴史に自分の名を刻みたいと思ったからではない。ただ自らのコミュニケーション能力に絶望したことが理由だった。彼は次のように語ってくれた。

「人と話をするのが極端に苦手です。大学を卒業して社会に出た時、自分はどうなってしまうんだろうかと不安でしかたなかった。どこかの企業に就職できたとしても、職場の人と交流しなくてはならない。でも、自分のように性格が暗く、言いたいことがあっても言えず、いつもうつむいているような奴は、職場でもきっとひどい扱いを受けるのでしょう。新入社員がノイローゼになって自殺をするニュースをよく聞きますが、他人事《ひとごと》だと思えませんでした」

D先生は顔立ちの整った青年である。口数は少なく陰の気配を漂わせていたが、純文学作家らしい神秘性として彼の魅力になっていた。大学時代はさぞ女性にもてたのではないかと想像させられた。しかし、いつも塞《ふさ》ぎ込んでいた彼には恋人どころか友人さえいなかったという。

「まっとうに社会で生きていく自信がなかった。だから、一人で黙々とできる仕事でなければだめだと思ったわけです。そういうスキルを身に付け、生活費を稼いで暮らす必要がある。そこで小説を書くことにしたのです。もしも小説家になることができたなら、一日中、部屋にこもっていられる。だれとも関わらず交流しなくてもいい。自分にとって最高の仕事に思えました」

D先生は大学在学中に小説を量産した。クラスメイトとの交流をしていなかったので、遊びに誘われることなく、だれも執筆の邪魔をしなかった。当時、書いた小説は陰鬱《いんうつ》なものばかりだった。

「内気な主人公が様々な後悔をしながら人生を送るという、そういう作品を書いている時、楽しくてしかたなかった。小説を書くのは、本来、楽しいものなんです。書き上げた作品のうち、自信のあったものをいくつか、新人賞に応募しました。文芸誌に広告が掲載されていた小説のコンテストです。その中の一本が入選して奨励賞をいただきました」

編集部からのメールで入選の件を知った。その後、入選作を本にしたいという話をもらったが、彼は断るべきか迷った。

「本にするにあたって、都内で打ち合わせをしたいと言われたんです。初対面の編集者と何を話せばいいのかわからない。そんな気苦労をするくらいなら、本なんて出さないほうがいいんじゃないかとさえ思いました」

結局、がまんして編集者と会うことにする。本を出版して印税をもらうためだ。やむを得ない、と彼は判断した。

「自分は臆病《おくびょう》な生き物だったのでしょう。他人の前で失敗して恥をかくのが恐ろしい。傷つかないように殻を作って閉じこもっていたい。だけど、執筆した作品で金銭を得るには、商品として社会に届けなくてはいけない。そのためには編集者の助けを借りなくてはならなかった。自分にとって編集者という存在は、社会そのものでした」

はじめての担当編集者は温厚な男性だった。D先生の意見をくみとりながら丁寧に最初の本を作ってくれた。彼にとってそれは幸運なことだった。

【担当編集ガチャ】という言葉をご存じだろうか。ガチャというのは、いわゆるカプセルトイのことだ。硬貨を入れるとカプセル入りの玩具《がんぐ》が出てくる。玩具の種類を選べず、当たりもあれば、外れもある。つまり【担当編集ガチャ】とは、作家側は担当編集を選ぶことができず、当たりの編集者が担当についてくれるのをただ祈るしかないという状況を表すスラングだ。

世の中の多くの新人作家が【担当編集ガチャ】に敗北して姿を消したことを私は知っている。担当編集者と性格があわなくて書けなくなったり、担当編集者の乱暴な言葉遣いに心を病んでいったりするのだ。新人作家にとって担当編集者とは、出版の世界に通じる唯一の窓口のようなものである。その窓口が自分を拒絶したり、嘲笑《ちようしよう》したりする時、出版の世界全体から自分は嫌われていると錯覚してしまう。

D先生の最初の本を作った編集者は、彼に精神的なトラウマを植えつけなかったという点から、優秀だったことがわかる。D先生は【担当編集ガチャ】に勝ったのだ。極めて乱暴な担当編集者が彼の前に現れ、上から目線で作品を編集していたら、彼はその一冊きりで作家などやめていたかもしれない。

「当時の自分は人と話すことになれておらず、編集者と打ち合わせをした日は、もう他に何もできませんでした。ひどい時は二日も三日も寝込むことがあったんです。でも、そのおかげで最初の本を出版し、印税を得ることができました。少ない部数だったので、微々たる金額でしたが、自分一人が生活を切り詰めれば生きていける程度にはありました」

まだ大学生だった彼はワンルームの安アパートで暮らしていた。本を読む以外の趣味はなく、人に会わないので服にもお金を使わなくていい。食にも興味はなく、一日に一個の菓子パンしか食べないこともあったが、特に問題なかった。一年に一冊だけでも出版することができたら、たとえ重版のかからない本だったとしても、初版の印税だけで生活は成り立つだろう。

「大学の同級生たちが、真新しいスーツを着て就職活動していました。きらきらと輝いて見えました。自分にはとても無理です。企業説明会だとか、面接だとか、別世界の出来事です。大学卒業後、彼らは就職先の会社のある地域へ引っ越していったのでしょう。自分は卒業後も大学の近所の安アパートに住み続け、小説を書いて暮らしました。自分だけ大人になることを拒否して、社会から隔絶された孤島に住んでいるかのようでした」

D先生が小説を書いていたのは、社会から逃避して生きていくためだった。その自閉的な傾向は彼の作品にも表れている。社会に対する妄想寸前の不安感は、物語からにじみ出て読者を虜《とりこ》にした。彼の小説は次第に書評でも取り上げられるようになり、書店の目立つ棚で見かけるようになった。彼の作品は、社会と上手につきあえない者たちの胸にしっかりと届いたのである。

作品が増刷を重ねるようになり、預金通帳に大金が振り込まれても、彼は高い買い物をせず、つつましく生活した。安アパートからも引っ越しをしなかった。必要性を感じなかったからだ。気付くとデビューから七年がたっていた。

二

「本がそれなりに売れているという話は聞いていましたが、実感などはありません。ですが、生活費のことで以前のように悩むことはなくなりました。いつか自分は貧困を理由に首を吊《つ》るんじゃないかという、追い立てられるような切迫感は消えました」

七年の間に彼と社会との関係性も変化した。当初は担当編集者としか会わなかったが、本が売れ始めると、会いたいという編集者も増えてくる。編集長をまじえた食事会に誘われ、断りきれずに参加した。出版社のパーティには行かなかったので作家の知り合いはできなかったが、人に会うということへの耐性がついてきた。

最初の担当編集者が他の出版社へ転職することになり、転職先の出版社からも本を出すようになった。作家としてのキャリアが長くなるにつれ、社会というものがそれほど怖い場所ではないと思えてくる。もう、編集者と一対一で会う程度なら問題なくできるようになった。

「でも、何作も書いていると、またいつもの作風だな、と飽きを感じるようになってしまったんです。硬直化が始まっていたのでしょう。大学生の時は否応《いやおう》なく世間にさらされ、傷つくようなひどい目に遭って、その痛みを作品に昇華していたんですが……。小説家って、そういう心の傷がないと書けないんじゃないでしょうか。でも、自分のそれは古傷になってしまい、なつかしい記憶になってしまった。そのせいで自分の小説から、じくじくとした痛みが薄れ、切迫感もなくなった。気付くといつもの安直なお決まりの展開をやっている。このままではいけないと思いました」

自分はもっと社会に触れて、自分の精神に刺激を与える必要があるのではないか。彼はそう感じるようになった。

「そんな時期のことでした。とある編集者からメールをいただいたのです。Uさんという女性の方でした。前の担当編集者が異動になったため、新しく担当することになったというご連絡でした」

Uさんの所属する出版社とは、ほとんどつきあいがなかった。その出版社からは一冊も本を出したことがなく、文芸誌に短編やエッセイを寄稿したこともない。そのためUさんの前任者がどんな人だったのかも忘れていた。

何年も作家をやっているとわかるが、意外と頻繁に担当編集者というのは代わるものだ。一度も会わないうちに担当が異動や転職をして他の人になっていた、というのはよく聞く話だ。特にD先生の場合、いつも仕事をする相手は決まっていた。それ以外の編集者からは原稿依頼をされても即決で断っていたという。そのうち連絡もこなくなり、担当編集者とは名ばかりの、ほとんどつながりのない相手となっていたのだろう。

「Uさんのメールは、よくある引き継ぎのご連絡でした。これからよろしくお願いしますと、かんたんなお返事をして、それでおしまいです」

D先生の頭から、すぐに彼女のことは忘れ去られた。

D先生は安アパートの二階の角部屋に住んでいた。近くに公園と石畳の小道があり、よく思索にふけりながら散歩をした。彼の食事のほとんどはコンビニの商品でまかなわれていた。自炊をすることもあったが、料理は苦手だそうだ。

「大学生が多く住んでいましたから、飲食店もたくさん近所にはあったんですけどね。知らない店に入るのが怖くて、あまり利用しませんでした。店員に声をかけるのが上手にできないんです。何日も声を出してないものだから、声量のバランスがおかしくなってるんです」

彼がよく行く場所は図書館と書店だ。商店街の古本屋にも足を運んだ。

ある日のことだ。D先生は小説の資料になりそうな写真集を購入した。昭和初期の東京を撮影したモノクロの写真集だ。鞄《かばん》を持っていなかったので抱えて帰ることにする。コンビニで菓子パンを買い、石畳の小道をあるいて帰ろうとしていたら、後ろから声をかけられた。

「あの、もしかして、小説家のD先生じゃないですか?」

スーツ姿の女性が立っていた。二十代前半といったところだろうか。色白で顔がちいさく、かわいらしい容姿である。D先生は警戒し、知らないふりをするべきか迷った。自分の顔写真はどの媒体にも載せていないはずだったが、どうしてわかったのだろう。返事に困っていると、女性がつめよってくる。

「やっぱりD先生ですよね。まちがいないです。私、Uと言います。先日、引き継ぎのご連絡を差し上げた者です」

「ああ、あなたが」

「先生がこの辺りに住んでいらっしゃるって、先輩から聞いていたんです。先生に郵便物を送る時の住所も、この辺りだったし。実は私もこの近くに住んでて、もしかしたらそのうち道端でばったりお会いできるんじゃないかって期待してました。先輩から先生の顔立ちと雰囲気も聞いていたから、もしかしたらこの人がそうなんじゃないかって。それで声をおかけしたんです」

「顔立ちと雰囲気で？」

伝聞の情報だけで自分を特定して呼び止めたらしい。にわかに信じがたいことだ。しかし彼女はたのしそうに笑った。

「私、直感がすごいんです。先生にまちがいないって、思っちゃったんです」

きらきらと彼女の目はかがやいている。運命の相手を見つけた少女のように。Uさんは生命力にあふれた陽の雰囲気を持った女性だった。彼女の笑顔がまぶしく感じられた。

「先生、今、お暇ですか？　もしもお時間があったら、お茶を飲んでいきませんか？　ぜひ、そうしましょう！」

弾むような声だ。すこし迷ったが、提案を受け入れた。自分の小説の硬直化を防ぐため、外界からの刺激が必要だと思っていたから、ちょうどいい。

「わかりました、行きましょう」

「やったー！」

商店街にレトロな喫茶店がある。入店して窓際の席に向かい合わせで座った。外観は知っていたが、中に入るのは、はじめてだった。D先生は珈琲《コーヒー》を、Uさんはアイスカフェオレを注文する。飲み物が来るまでの間に、Uさんから名刺をもらった。名刺には出版社の名前と編集部の名称、Uさんの名前、電話番号などが記載されている。

「この度、先生の担当をさせていただくことになりました。今後ともよろしくお願いします」

Uさんはまず自分の経歴について語った。どのような理由で出版社に入り、今の編集部に配属されたのか。これまでにどんな本を読み、どんな作家に感銘を受けたのか。

「大学時代、特に読み返したのがD先生の著作だったんです。人間関係に悩んでいた時期だったから、すごく刺さりました。担当させていただけることになった時、うれしくって飛び上がっちゃいました。大学時代の自分に教えてあげたいです」

彼女は昨今の出版界の現状についても語った。編集部の先輩の話や、最近、読んだ本の話もする。Uさんの表情はめまぐるしく変化し、見ていて飽きなかった。

二時間ほどの雑談を終えて店を出る。伝票は彼女がレジに持っていった。会社の経費で支払ってくれるとのことだ。

再び石畳の小道まで戻り、そこでUさんと別れる。

「先生、また近所でお会いしたら、ご挨拶《あいさつ》させてください。今日、先生を見つけられたのは、私の祈りが通じたからじゃないかって気がするんです。いつか先生の原稿を読ませていただけたらうれしいです」

彼女は笑顔で去って行った。


「Uさんは思い込みの激しいタイプでした。顔写真を見たことのない状況で、自分の直感を信じて声をかけてみたら、見事に当たりだった。あの出会いを、彼女は【祈りが通じた結果】だと思い込んだ。だけど、本当にそうでしょうか。Uさんは観察によって無意識に答えまでたどり着いたのではないか、という気もするのです」


平日の昼間にふらふらと出歩いている三十間近の男性。

その腕には、昭和初期の東京を題材にした写真集。

D先生は昭和初期の東京を舞台に小説を書くことが多い。以前から読者だったのであれば、写真集が小説の資料になりうるものだと推測できただろう。

それにUさんは、編集部の先輩からD先生について次のような情報を聞かされていた可能性もある。「あの人はいつも菓子パンばかり食べているらしい」と。

その日、D先生はコンビニの袋を片手にさげていた。半透明のビニール越しに菓子パンが透けて見えていたはずだ。

「それらの情報がUさんに答えを提示し、こちらを特定できたというわけです。だけど彼女はその結果に、運命的な何かを見いだしたのかもしれない」

二度目にUさんと会ったのは三日後のことだった。

彼はその日、借りていた本を図書館に返却し、公園のベンチに腰掛けて頭の中で小説の構想を練っていた。そこにだれかが近づいてきて声をかける。Uさんだった。

「彼女は笑顔でした。また会いましたね、と言って隣に腰掛けたんです。自然と雑談がはじまりました。ちいさな子どもたちが公園の遊具で遊び、母親たちがそれを見守っていました」

二人は周囲から恋人同士に見えていたかもしれない。Uさんは彼に対し、常に好意的なまなざしを向けていたからだ。また、会話の最中に彼女の手が肩や腕に触れることもよくあった。

「彼女は楽しそうに笑った時、崩れそうになった姿勢を保つため、腕にしがみついてくることがありました。だから、ベンチの上ですこしずれて、彼女から距離を置いたんです。ほんの一瞬、彼女の表情がこわばったような気がしました。見間違いかもしれませんが……。Uさんはとても愛らしい顔立ちの人でした。あの笑顔とボディタッチで、たくさんの男性を勘違いさせてきたことでしょう」

その日、雑談の後でUさんは仕事の話もした。

「書いてみたい小説の題材はあります？」

「いや、特には、ないですね」

「私、先生に書いて欲しい作品のアイデアがあるんです」

彼女が提案したのは、昭和初期の女学校が舞台の幻想小説だった。女学生たちが巨大な卵を拾ってきて、教室でみんなで温めるという内容だ。しかし卵を温めているうちに次々と女学校で不思議な現象が起こりはじめる。ディテールが凝っていたのでよく話を聞いてみると、彼女自身が高校時代に夢想していた小説だと判明する。

「いつか書こうと思っていたんですけど、結局、形にしないまま大人になっちゃったんです。その卵から生まれるのは、はたして、何だったのでしょう。女学生たちの夢や希望でしょうか、それとも残酷な未来でしょうか。今も物語は曖昧《あいまい》な状態で私の胸の中で生まれるのを待っているんです。それを先生が小説の形にしてくださるのなら、こんなにうれしいことってありません」

いつのまにか公園で遊んでいる子どもたちはいなくなっていた。ベンチに並んでいるD先生とUさんだけがいる。空が夕焼けに染まり、Uさんの情熱的な目が印象に残った。

暗くなる前に、その日は別れることにした。


三度目にUさんと遭遇したのは深夜零時のことだった。その日の執筆を終えてふらふらの状態で食料を買いに外へ出た。大学のそばの並木道を通り、コンビニの明かりを目指して歩いていたら、Uさんが暗闇からにじみ出るように笑顔で現れた。

「先生、偶然ですね！　会いたかったです！」

彼女はまるで恋人のように駆け寄ってきた。はたして偶然だろうか、とD先生は訝《いぶか》しむ。もしかしたら彼女は自分が通りかかるのをずっとそこで待っていたのではないか、という気がした。しかし彼女も社会人だ。自分以外にも担当の作家がいるだろう。何時間もこの場所で待っていたはずがない、と疑念を振り払う。

「先生、もしかしてお食事を買いにこられたんじゃないですか？　それならうちで夕飯を食べませんか？　ぜひそうしましょう！　私もこれから夕飯なんです！」

「こんな時間まで働いていたんですか？」

「うちって、超ブラックなんですよ。でも、やりがいはあります。尊敬する作家さんとお仕事できるんですから。さあ、私の家はあっちですよ、先生。一緒に行きましょう！」

Uさんが腕に抱きついて引っ張ろうとする。胸が腕に押し当てられた。D先生は踏みとどまり、彼女の手をほどく。

「あの、やめておきます。今日はもうシャワーを浴びて寝たいんです」

「そんなこと言わないでください。先生と私の小説の話をしたいんです。私、この前、実家に行って高校時代に書いたメモを持ってきたんですよ。それをお見せしたいんです。大量にあるんですよ。ノート十冊分くらいの構想メモが」

「何のことを言ってるんです？」

「忘れたんですか？　先生と私の小説ですよ。私が考えていた小説を、先生が書いてくださるって、おっしゃったじゃないですか」

彼は混乱した。書く、などという約束はしていなかったはずだ。しかしUさんは、まっすぐな瞳《ひとみ》で見つめてくる。自分は嘘などついていないという純真さが目の奥にあった。彼女は真実をねじまげて自分の都合がいいように解釈しているのかもしれない。彼女の中では、書く、と約束したことになっているのだ。

「すみませんが、何かの間違いだと思うんです。今日はもうつかれてるので、それぞれ家に帰りましょう」

「そうですか……。じゃあ、わかりました。代わりに今度、お店で食事をしましょう。先生のご連絡先は、メールに書いてあった電話番号で大丈夫ですよね。お店を予約してお電話します！　絶対ですよ！」

Uさんは外灯の下で、D先生の手を握りしめた。それから名残惜しそうに手を離し、暗い道を帰っていったという。

三

以前、私は担当編集者に誘われて海外旅行へ行ったことがある。旅行先の出来事をエッセイにしたり、短編小説の題材にして一本書いたりしてくれるなら、旅費をすべて経費で落としてくれるというのだ。私は旅行に行けるし、編集部は原稿をもらえる。ウィンウィンの関係だ。

原稿を書いてもらうために、担当編集者というものは、作家をいろんな場所に誘いがちである。食事や飲み会だけでなく、オペラや歌舞伎などにも行ったことがある。作家が一緒に来てくれると、編集者側も経費で落とせるのでありがたいのかもしれない。

担当編集者が過去に所属していた劇団の芝居に連れて行かれたこともある。下北沢《しもきたざわ》の小劇場だった。

「チケットを売るのが大変らしいので、先生、つきあってくださいよ」

などと率直に言われてしまっては断りづらい。

芝居の後、担当編集者は知りあいの役者に挨拶して仲良くおしゃべりしていた。その後、感想を聞きたいという名目で食事に誘われ、二人でおいしい酒を飲み、ふと気付くと原稿執筆を約束させられていた。おそらく芝居は本当の目的ではなく、その後の食事と懐柔こそが編集者の目的だったのだろう。このように作家から原稿を入手するノウハウというものが、編集者の世界では先輩から後輩へと受け継がれているのかもしれない。

仕事をする上で、作家と編集者のつきあいは、二つのパートに区切られている。

最初のパートでは、編集者は作家を食事や旅行に連れて行き、興味を持ちそうなテーマを熱く語り、執筆の意欲を鼓舞する。原稿を書くという作家の口約束を取り付けることができたら成功だ。彼らは作家の懐柔のため、都内の飲食店におどろくほど詳しい。

作家が原稿を執筆したら、次のパートに移行する。編集者は、書かれた小説を読み、修正のポイントを正しく提示してくれる。作家というものは、書き上げたばかりの自分の原稿について、どこが良くて、どこが悪いのかを、見極められない場合がある。小説の修正に長《た》けた編集者は、まるで名医のように良くないポイントを指摘してくれるのだ。誤字脱字という程度の些《さ》細《さい》なミスを指摘するのではない。小説の根幹部分の歪《ゆが》みや具合の悪さを彼らは見抜き、完成形を目指して原稿をブラッシュアップしてくれる。新人作家の頃に、このタイプの編集者に出会えた者はラッキーだろう。

他にも編集者には宣伝などの様々な仕事がある。しかし出版社内部で行われている仕事は作家側から見えにくいので私は詳しくない。長く作家をやっていると、編集者と意見があわなくて衝突し、喧嘩《けんか》別れをすることもある。私の好きな作品をけなされたことがきっかけで、距離を置いたこともあった。会うのが気まずい編集者が何人かいて、出版社のパーティに行きづらくなったりする。作家の人生は、常に編集者とともにあるのだ。

「Uさんから昼夜を問わず電話がかかってくるようになりました。催促に負けて食事に行ったのですが、彼女は自分の話をするばかりで、コミュニケーションがとれていたとは言えません」

D先生は寡黙な人物だ。そのためUさんは気を利かせて積極的に話をしていたのだろう。しかしこれは逆効果だったらしい。

「話を聞かされてばかりで、正直、つかれました。それなのに、食事が終わった後、【先生って人の話を聞くのが上手ですね】などと言われるのです。【先生といると、居心地が良くて、何でもおしゃべりしたくなっちゃうんです】と。一緒に食事をしたことで、作家と編集者の絆《きずな》が深まったと、誤解されているみたいでした。同じ場所で同じ時間を過ごすと関係が深まる、という信仰があるのでしょう」

Uさんは食事の場でも、高校時代に自分が構想していた小説の内容を語った。彼女の中では、D先生がその小説を執筆することは確定事項なのだ。

「女学校の教室に、夜な夜な、主人公たちが集まって、巨大な卵を温めるんです。学校の中はいつのまにか植物の蔓《つる》が壁や天井を覆って、異様な光景になってしまいます。卵の中で眠っている存在の見ている夢が、現実世界を侵食しているんです」

Uさんは目をきらきらさせながら、物語の設定を語る。

「物語の最後には、卵の殻の割れる音が聞こえて、何かが内側から出てくるんです。たぶんそれは、女学生たちの内面と重なる何かだと思うんです」

「社会に出ていこうとする主人公たちの暗喩《あんゆ》かもしれない」

「そうですね。主人公は心を閉ざしている設定なんです。主人公が外に出ていこうとする勇気と、卵から何かが生まれるラストが、うまく呼応するといいです。先生だったら、きっと素敵に書いてくださるのでしょうね」

D先生は困惑した。書きたい小説があるのなら自分で書くべきだと説得する。こちらは執筆するつもりはないのだ、と。しかし彼女は、頭の中でどのように解釈したのかわからないが、「今はお忙しいんですね。D先生が書きたくなった時でかまいません。待っています」という返事をするばかりだった。

その後、町を歩けば偶然を装ってUさんが現れるようになった。電話に出ないでいると着信履歴に彼女の名前が並ぶ。食事の約束をしていないのに、勝手にレストランを予約して、二人で行くことになっていたこともある。D先生は彼女に対して気味の悪さを感じはじめていた。担当編集者とはいえ、さすがにこれはやりすぎだ。

ところで、いつになったら、私の小説を書いてくださるんです？

彼女からメールが届く。

先生も、素晴らしいアイデアだって、おっしゃってくれたじゃないですか。きみは天才だって、頭を撫《な》でてくださったでしょう？　先生が書いてくださったら、素晴らしいものになると思うんです。構想は私、文章は先生。これって、素敵なことです。二人で作った小説だから、私と先生の子どもみたいなものですよね。

もちろん、頭を撫でたという事実はない。

D先生はできるだけ彼女に会わないよう、外出をひかえることにした。家の中にあった保存食をすこしずつ齧《かじ》って暮らす。

「ある日、玄関のドアがノックされて、Uさんの声が聞こえたんです。ぞっとしましたよ。【先生、お食事を持ってきました】って。急に訪ねてこられると、恐怖しかありません。返事をしないでいると、彼女はじっとドアの反対側に立っているようでした。三十分くらい、ずっと。彼女の立ち去る音が聞こえて、念のためしばらく待ってから、ようやくドアの向こうを確認しました。彼女の手作りの料理が置いてあったんです。ホワイトシチューの鍋《なべ》でした。口に入れる気にならず、捨ててしまいました」

Uさんは愛らしい容姿の人だ。しかしこうなってくると、彼女の顔を思い出すだけで身の毛がよだつようになってしまったという。

「引っ越しを考えるようになりました。セキュリティの高いマンションに住むべきだと。だけどその前に、編集部に連絡をとって担当を代えてもらおうと思ったんです。もっとはやくにそうしていれば良かったのかもしれませんが、自分からだれかに電話をかけるというのが苦手で、ずるずると先延ばしにしていたのです。ある日、ついに編集部に連絡を入れました。Uさんが電話に出ないことを祈りながら。編集部に電話がつながると、自分の名前を告げ、編集長と話をさせてほしいとお願いしました」

D先生は状況を説明し、Uさんを担当から外してほしいと頼み込んだ。しかし編集長からは、意外な回答がある。

「編集長も混乱していました。なぜなら編集部にUさんという女性は在籍していなかったからです。担当編集者が代わったなどという話もありませんでした。あの女は編集者を騙《かた》っていただけの完全な部外者だったのです」

D先生からの連絡を受け、すぐさま編集長と本物の担当編集者が駆けつけてきた。編集長は小太りの中年男性で、担当編集者は落ち着いた雰囲気の眼鏡の女性だった。顔を見るまですっかり忘れていたが、確かに何年か前に挨拶をしたことのある二人だった。今度こそまちがいなく出版界の人間である。

D先生が住んでいたのはいわゆる学生アパートだったので、二人を招き入れると部屋が窮屈だった。電話でおおまかに事情を説明していたが、今回の経緯をあらためて最初から話し、Uさんからもらった名刺を二人に見せた。

「これ、うちの編集部の名刺のスタイルを真似して作られていますね。どこかでうちの名刺を手に入れ、参考にしながらデザインしたのでしょう。紙質もフォントも文字の級数も同じですから。このメールアドレスも凝ってます。うちの出版社のドメインに似せたオリジナルのドメインを使ってますよ」

編集長は感心していた。

Uさんという名前が本物なのか偽名なのかは判然としない。容姿を伝えてみたが、彼女らしき人物が過去に編集部に在籍していた記憶もないようだった。出入りしているバイトにもそれらしい人物はいない。

「D先生の熱心な読者が、編集者のふりをしてお近づきになろうとした、ということでしょうね……」

担当編集者の眼鏡の女性がそのように発言し、編集長とD先生も同意した。

その後の対策を三人で検討する。D先生はセキュリティの高い住居へ早急に引っ越すことにした。新居探しを担当編集者が手伝ってくれるという。また、引っ越しまでの期間はウィークリーマンションに避難し、その費用も編集部が出してくれるそうだ。二人が相談にのってくれたことで、D先生は心が楽になった。

「二人が帰った後、すぐに行動しました。着替えと執筆用のノートパソコンを抱えてアパートを出たんです。何かあった時、すぐに駆けつけられるようにと、出版社の近くの部屋を契約してもらいました。商店街の近くの大通りでタクシーを呼び止めて乗り込んだ時、視界の端にUさんの姿を見つけました。彼女はこちらに気付くと、満面の笑みを見せて手をふりながら駆け寄ってこようとします。はやく発進するように運転手を急《せ》かしました。タクシーが動き出し、リアウィンドー越しに遠ざかるUさんを見ました。それ以来、あの町にはもどっていません」


ウィークリーマンションでの生活がはじまった。新しい環境に慣れることができず、執筆は滞ってしまったという。

「Uさんの電話番号は着信拒否にしていましたが、彼女は新しい電話を契約し、見知らぬ番号から連絡をとろうとしてきました。これほどわかりやすく拒絶しているというのに、彼女はそれを気にした様子もありません。まちがって電話に出てしまった時、【先生、お元気ですか？小説の進捗《しんちょく》はどうですか？】とほがらかな声で、以前と同じように挨拶をするんです。精神構造が理解できません」

D先生の部屋を編集長と担当編集者が定期的に訪ねてきた。二人からの報告により、Uさんがどうやらアパートの部屋に侵入しようとしたらしいとわかった。

「警察に相談したところ、警察の人が学生アパートの周辺の見回りをしてくれるようになったんです。部屋に異常がないかを確認したら、玄関のドアノブの鍵穴《かぎあな》周辺に、工具を無理矢理ねじ込もうとしたような傷が無数についていたらしく……。近所の住人に話を聞いてみると、深夜に若い女性がドアの前で何かしていたらしいと……。結局、彼女は部屋に入ることができなかったみたいですけど」

当初、編集長と担当編集者は二人セットでD先生の様子を見に来たが、そのうち編集長は仕事が忙しくなり、来たり来なかったりするようになった。

担当編集者は二日に一回の頻度で必ず来た。彼女は引っ越し先となる賃貸マンションの候補をいくつも調べてきてくれた。候補となる物件まで足を運び、部屋の写真を撮り、マンションから駅までの距離や、周辺の環境も細かく調査してくれていた。また、彼女は食料を近所のコンビニから買ってきてくれた。D先生はUさんを警戒するあまり、外に出ることができない精神状態だったからだ。

「ある日、編集長が手軽に設置できる防犯カメラを持ってきてくれました。Wi-Fiで接続することができる工事不要のタイプです。念のためそれを玄関先に設置しておこうってことになったんです。マンションの管理会社には無断での設置だったので、後ですこし怒られてしまいましたけど」

玄関扉の横辺りに、ちょうど隠して設置できる場所があった。カメラの映像はD先生のスマートフォンの画面で手軽に確認できる。録画機能もある製品で、ペットカメラとして利用しているユーザーも多いという。

「編集長には感謝しています。あのカメラのおかげで、殺人事件が起きるのを食い止められたんです」

四

「私はたぶん、Uさんに跡をつけられていたのでしょう」

そのように語ってくれたのは、D先生の本来の担当編集者だ。眼鏡をかけた理知的な女性である。

「D先生がアパートからいなくなり、彼女は行方を捜していたのだと思います。そこで、私の跡をつければ、そのうちD先生のところへたどり着くと彼女は考えたのでしょう」

ある晩、一日の仕事を終えて会社を出た彼女は、D先生のもとへ向かった。まずはコンビニで大量の菓子パンを買い込んだ。D先生に頼まれていた食料だ。

ウィークリーマンションの正面玄関で、インターフォンのパネルを操作する。D先生の部屋番号を数字キーで入力し、彼に自動ドアのロックを解除してもらった。入居者の確認をとらなければ開かないタイプの、オートロック式の入り口だった。

「その時、背後から視線を感じました。振り返っても、もうだれもいませんでしたけど……。もしかしたらあの時、Uさんはすこし離れた位置にいて、私の押した部屋番号を確認していたのかもしれない。その時に彼女は、D先生の部屋が何階の何号室なのかを知ったのでしょう」

エレベーターに乗り、D先生の部屋を訪ねた。食料を届けると、彼に感謝されたという。

「D先生は落ち着いた男性です。私が担当になってから何年も経っていましたが、最初にご挨拶して以来、ほとんど交流はありませんでした。執筆依頼のメールを送信しても、お引き受けいただけませんでしたし」

新居探しの報告の合間に、D先生と彼女は雑談をするようになった。

「話のテンポというか、間合いというか、そういうものが似ていたんだと思います。作家の中には、おしゃべりが好きな方がいて、相手をしていると気疲れすることがあるんです。でも、彼といる時は、落ち着いて自分の話ができました。寡黙な方ですが、沈黙している間も、彼の中に言葉が生み出されているのを感じるんです。相手の発言を受け止め、思考し、胸の内から言葉をすくいあげている時間の沈黙こそが、私たちの対話だったのです」

生活に必要なものはないかとD先生に質問し、彼女は部屋を後にする。一時間ほどの滞在だった。

その間に、Uさんはマンションの正面玄関のオートロックを通り抜けていたことが、後の捜査で判明している。他の居住者にくっついて、自分もここに住んでいるといったふうを装いながら、玄関の自動ドアが閉まる前に入り込んでしまったのだ。

「部屋を出て、エレベーターに乗り込もうとした時、若い女性とすれ違いました。アイドルみたいにかわいらしい女の子でした。でも、すこしだけ違和感があったんです。顔立ちは整っているのに、髪の毛が乱れているというか、ぼさぼさでしばらく洗ってない印象でした。横を通る時、一瞬だけ私と目があって、彼女の目が暗い色に変化したように見えました。でも、私はそのままエレベーターに乗り込みました」

ひとまず彼女は一階まで降りた。しかし、胸騒ぎがして、D先生の部屋がある階に引き返すことにする。

「その時まで、私はUさんの容姿を知りませんでした。彼女を実際に見たのはD先生だけですから。でも、もしかしたら、という気がしたんです。今、思い返しても、不思議な直感ですけど」

エレベーターで上階に移動し通路に出ると、D先生の部屋の前にさきほどの女の子が立っていた。彼女は玄関扉の前に直立し、D先生に向かって語りかけていたという。

先生、こんなところにいらしたんですね。

ずいぶん捜したんですよ。

その後、原稿は進んでますか？

まだ手をつけてらっしゃらないんですか？

しかたのない人ですね。でも、許します。

先生がお忙しい方だってことは、わかってるんです。

私はいつまでもお待ちしていますね。

高校時代からあたためてきた物語なんです。
先生が形を与えてくださったなら、きっとそれは素晴らしい作品になることでしょう。
担当編集者として、先生のお役にたてることがうれしくてたまらないんです。
え？
何をおっしゃってるんです？
先生、何か誤解されてるんじゃないですか？
担当編集者は私です。間違いありません。
そんなはずは……。
先生、信じてください。
話し合いましょう。
騙《だま》されているんです。
このドアを開けて、私を中に入れてください。
どうして入れてくれないんです？
あの女は部屋に入ったのでしょう？
わかってるんですよ。

D先生は彼女の登場に怯《おび》え、吐き気をもよおしたという。
「彼女はドア越しに語りかけてくるんです。最初、玄関のチャイムが鳴らされ、担当編集者がもどってきたのだと思いました。でも、念のためドアスコープを確認してみると、そこに見えたのは、笑顔のUさんだったんです。口元をやさしげな形にしているのですが、目の奥が笑っていない。無理矢理にそういう表情を作っているかのような不気味さがありました」

絶対にドアを開けてはならない。ドアさえ開けなければ、彼女は部屋に入ってこられないはずだ。自分にそう言い聞かせ、警察に電話するためスマートフォンを取りに行った。通報すればすぐにだれかが来てくれる。D先生がドアから離れている間も、ぶつぶつとUさんの話している声が聞こえてきた。しなだれかかってくるような甘い声だった。

スマートフォンを手にした時、玄関先に設置した防犯カメラのことを思い出した。Wi－Fi経由でスマートフォンにつながっており、画面をタップするだけで映像を録画できる仕組みだ。警察に連絡を入れる前に、映像の記録を開始しておくことにした。アプリを立ち上げて録画ボタンを押すだけでいい。

「スマートフォンの画面に、防犯カメラの映像が映し出されました。編集長がカメラを設置してくれた時にも確認しましたが、薄暗いのに細部まで綺麗に映るんです。Uさんの顔も、斜め横からの角度で、はっきりと。録画を開始した、その時です。Uさんに近づいてくる女性の姿がカメラに映ったんです。さきほど帰ったはずの担当編集者でした」

エレベーターから引き返してきた彼女は、Uさんを不審人物と見なして呼び止めた。

何をしてるんです？

警察を呼びますよ?

Uさん自身は、どこまで自分の嘘を信じていたのだろう。素性を騙っている自覚があったのだろうか。それとも、自分こそが本当に担当編集者だと、現実を歪曲《わいきょく》して思い込んでいたのだろうか。彼女は、予想外の行動に出た。

「画面の中のUさんの姿が一瞬、ぼやけたのです。カメラの性能の関係で、素早い動きをされると、そうなるんです。玄関の外で、どたばたと騒々しい音がして、女性の悲鳴が聞こえました」

防犯カメラの映像に映っていたのは、床に押し倒された担当編集者の姿だった。

Uさんが馬乗りになって、彼女の首を絞めている。

おまえさえいなければ……。

ドアの向こうから、Uさんの声がした。

「警察に今から通報して、来てもらうのを待っていたのでは、あまりに遅すぎる。その前に彼女が殺されてしまう……。迷いはありませんでした。すぐにドアを開けて、裸足《はだし》で飛び出したんです」

何かの割れる音がした。

担当編集者の眼鏡が顔から外れていた。Uさんの足で踏まれ、レンズが砕けている。

D先生はマンションの通路に出ると、担当編集者に馬乗りになっているUさんを思いきり突き飛ばした。喧嘩などしたこともなかったので、だれかにそんなことをしたのは、はじめてだった。体当たりはうまくいった。担当編集者は自由になる。咳《せ》き込んでいる彼女の肩を支えながら「大丈夫ですか?」と声をかけた。


先生……。


倒れていたUさんが、よろけながら起き上がる。D先生と担当編集者を見る彼女の顔は、怒りとも嫉妬《しっと》ともつかない激情で歪んでいた。かわいらしいはずの容姿が醜く見えるほどに。

「騒動が聞こえたのか、他の部屋の扉が開いて、住人たちが通路の様子をうかがいはじめました。それに気付いて、彼女は逃げていきました。エレベーターに乗り込んだ彼女が、扉が閉まるまでの間、憎しみのこもった暗い目でこちらをにらんでいるのがわかりました」

その後、D先生は担当編集者を部屋に入れて介抱した。警察を呼び、事情聴取が終わったのは、二時間後のことだったという。

Uさんが彼女の首を絞めたのはなぜだろう。彼女を殺せば、自分こそが本当に担当編集者になれると思い込んだのだろうか。おまえさえいなければ……。Uさんの言葉にはそのような意味合いがあったのかもしれない。

D先生はセキュリティの高いマンションに引っ越した。正面入り口はカードキーで解錠しなければ入れず、いくつもの監視カメラが設置され、二十四時間、警備員が常駐している物件である。引っ越して以来、Uさんは現れていないという。

しかし彼は一年ほどでそのマンションを出ることになった。結婚することになり、一人暮らし用の間取りでは狭くなったのだ。彼の結婚相手は、Uさんから首を絞められた例の担当編集者である。彼女のさばさばした性格が、D先生には好印象だったらしい。

二人は部屋数の多いファミリータイプのマンションで暮らしはじめた。基本的にそれぞれ別の部屋で過ごし、仕事をこなし、たまにリビングで顔をあわせる。お互いのプライベートを尊重する距離感が、二人の間にはあった。

彼女は結婚しても編集者を続けることを望んだ。そんな彼女のためにD先生は原稿を執筆した。彼女が担当編集者として手がけた最初の本は、その年、多くの書評家から絶賛をうけた。

結婚して家族を作るということは、D先生にとって、社会と向き合う決意表明にほかならない。他人と同じ場所で暮らすことが、彼の創作に良い刺激となった。新たな作風へのチャレンジを、読者は好意的に受け取った。

ハッピーエンドだと、だれもが思うだろう。

でも、Uさんは今、どこで何をしているのだろう。

彼女は何者で、目的は何だったのだろう。

尊敬する作家に自分の構想している小説を執筆してもらい、その原稿を生涯の宝物として保管することが目的だったのか。それとも、実際に出版して書店に並べるところまでやりたかったのだろうか。

「Uさんのことは思い出さないようにしています。今が幸福なら、それで良いですから」

D先生は私の取材をそう締めくくった。

この顚末《てんまつ》の詳細を聞くために、最後にD先生と会って、しばらく経過した。人付き合いの苦手な彼に取材できたのは、共通の知り合いの編集者がいたおかげだった。その後、Uさんは現れていないらしいが、彼女のことで気付いた点がある。最後にすこしだけそのことに触れておこう。

D先生にこの話を聞いた時、ウィークリーマンションの玄関先に設置していた防犯カメラの映像記録も見せてもらった。Uさんの顔を確認できるものが、その動画ファイルしかなかったからだ。

玄関前に立つUさんは、確かにかわいらしい容姿だった。去り際は怒りで顔が歪んで見えたというが、記録されていた彼女は実に愛らしい。映像データをコピーさせてもらったので、私のパソコンでいつでも確認できる。最近、自宅でその動画を再生しているうちに、Uさんの顔に引っ掛かりを覚えた。どこかで見たことがあるような気がしたからだ。

でも、どこで？

過去のメールを整理していた時、突然、わかった。以前、私は担当編集者に誘われて、下北沢の小劇場に行った。担当編集者が過去に所属していたという劇団の芝居を観るためだ。

その当時、担当編集者と交わしたメールに、芝居のチラシのPDFデータが添付されていた。出演している役者の顔写真も小さく掲載されている。そこに彼女がいた。Uさんだ。彼女はあの時の芝居に出演していたらしい。印象的な役柄だったのでうっすらと覚えていた。下北沢の小劇場で、私は彼女を見たことがあったのだ。

芝居が終わった後、私の担当編集者は、彼女に声をかけ、親しそうに話をしていた。あの時、小劇場で芝居をしていた少女が、後にストーカーとなってD先生の前に現れたのだろうか？

いや、おそらくそうではない。私を小劇場の芝居に誘った担当編集者と、後にD先生と結婚した眼鏡の女性編集者は、実は同じ人物なのである。

私の記憶に問題がなければ、担当編集者の彼女とUさんは、以前から面識があったことになる。だけど彼女は、「その時まで、私はUさんの容姿を知りませんでした」と言っていた。

私はいくつかの仮説を検討する。

Uさんが編集部の名刺を偽造できたのは、担当編集者の彼女から本物の名刺を渡されていたからではないのか？

Uさんが最初にD先生を呼び止めた時、直感で彼だとわかったと言った。しかし実際は担当編集者の彼女から本人の顔写真を事前に見せられていたのではないか？

この顛末で一番、得をしたのはだれだ？

それはUさんではない。

最終的にD先生から原稿をもらうことができたのはだれだ？

いいや、信じたくはない。すべて私の考えすぎという可能性もあるわけだし。まさか、担当編集者の彼女が、すべての筋書きを用意し、友人の役者にストーカーを演じさせ……。いやだ、考えたくない。でも、そうだとしたら、私にも少しだけ責任がある。

「編集者と作家の間に信頼関係が作られていたら、仕事をしたいって思えますよ。まずは信頼関係を築くところからはじめたらいいんじゃないでしょうか」

以前、彼女にそう提案したのは私だ。彼女なりに考え、そして計画を実行に移したのだろう。D先生から信頼を得るための茶番劇を。それは思いの外、成功してしまい、彼女は伴侶《はんりょ》まで得てしまった。もちろん、真相は、わからない。でも、D先生には黙っていた方がいいだろう。

精神感応小説家

一

「僕はベトナム南部の貧しい村で生まれ育ちました。両親は小さな農園を営んでいましたが、収入は少なく、弟たちはいつもお腹をすかせていました」

N君は朴訥《ぼくとつ》とした顔立ちの青年で流暢《りゅうちょう》な日本語を話す。彼が技能実習生として日本へ来たのは十八歳の時だった。

「ある日、スーツを着た大人たちが村にやってきたんです。近隣の村を順番に回って、日本に行ける若い働き手を探していました。日本は裕福な国だから高い給料で雇ってもらえる。工場で働きながら技術や知識を学び、帰国後にその経験を生かして待遇の良い職につけると聞きました。このまま村にいても貧困からは抜け出せません。僕は家族と相談し、日本へ行くことを決めたんです」

N君はまず技能実習生の送り出し機関に登録した。日本語のかんたんなトレーニングを受け、文化や習慣について学んだという。

「渡航するため、たくさんのお金を払いました。両親が借金をしてくれたのです。日本で働きはじめたら、すぐにそのお金も返せるだろうと、その時は思っていました」

一ヶ月後、N君は夢を抱いて日本へ来た。同じ飛行機には技能実習生の仲間たちが大勢、乗っていたという。

日本に到着すると、すぐに様々な地域の工場へと振り分けられた。彼が最初に働いたのは金属部品の加工工場だった。寮にはN君のような外国人がたくさんいて、狭い畳の部屋を五人で使うように言われた。

「まるで監獄のような部屋だったんです。ふくらんでいた夢が、急速にしぼむのを感じましたよ」

N君は苦笑いする。ベトナムで聞かされていた話と、だいぶ違っていたらしい。報酬はあまりにすくなかった。家族に仕送りもできず、渡航で背負った借金を返すどころではない。働いても働いてもお金は貯まらなかった。

「一年でそこをやめました。主任さんからのいじめに耐えきれなくなって、同じ部屋の仲間たちと、逃げ出すことにしたんです。外国人の知りあいの伝手《つて》で、もっといい職場があるらしいという噂を聞いて、そこへ逃げ込むことにしました」

劣悪な労働環境に耐えきれず行方をくらます外国人技能実習生は多い。毎年、数千人がこの日本国内で失踪《しっそう》していた。

「だけど、僕たちが行った先は、もっとひどい場所でした。楽な仕事で給料が多く、外国人にもやさしい職場……。そんな風に都合のいい噂を流して、行き場のない者を集めていたんです。そうやってできた外国人の村が、いくつもあるんですよ。僕たちは逃げられないようにパスポートを取り上げられました。待っていたのは過酷な肉体労働です。不法廃棄物と思われる廃液の詰まったドラム缶を、山奥の土地に埋めさせられたんです」

ある冬の日、彼は風邪をひいて熱を出した。しかし仕事を休むことは許されず、ふらふらになりながら重いドラム缶を運んでいたという。

「意識がふっと遠くなって僕は倒れました。全身に寒気があるのに頭の奥がマグマのように熱かった。僕はおぼえていませんが、転倒した時、運んでいたドラム缶が僕の上に倒れてきて全身が廃液まみれになったそうです。仲間たちが駆け寄ってきて水で洗い流してくれましたが、僕は痙攣《けいれん》して白目をむいていたそうです」

N君は部屋に運ばれ、そのまま放置された。その村を管理していた者たちは、N君を病院に連れて行かなかった。廃棄物の不法投棄や、外国人労働者を不当に働かせていたことが明るみに出ることを恐れたのだ。

「あのまま死んでいたら、僕はこっそり、どこかへ埋められていたでしょうね。三日間うなされた後、何とか元気になりました。でも、その日から僕には、不思議な力が備わったんです……」

N君は目を閉じて、側頭部に片手の指先を押し当てる。

「高熱の影響で、脳の回路のどこかが、おかしくなっちゃったんでしょうね。それとも、転倒した際にかぶった廃液が、僕の体を作り替えてしまったのでしょうか……」

×　×　×

私にN君の連絡先を教えてくれたのは編集者のA氏だ。三十代後半の男性である。

「俺がN君と知りあったのは、新宿《しんじゅく》の歌舞伎町《かぶきちょう》でした。あの時期、J先生の交通事故のことがあって、毎晩、酒を飲まないとやっていられなかったんです。そんな時、古いクラスメイトから連絡があって、二人で酒を飲まないかって誘われたんですよ。一軒目は食事がメインの店で、二軒目に寂れたバーへ行ったんです。外国人の男の子が、慣れない手つきで酒を運んでいました。それがN君だったんです」

彼はどのような経緯で、歌舞伎町で働くことになったのだろう。

「あの子、取り上げられたパスポートのことはあきらめて、地獄みたいな職場から脱走したんですよ。あのままいたら殺されるって思ったんでしょうね。山の中をさまよった揚げ句、町にたどり着いて、ベトナム人のコミュニティと出会い、バーの仕事を紹介されたと聞いています」

A氏と友人は、そのバーで何杯もカクテルを飲んだという。

「しばらくして友人がトイレに立ったんです。彼の姿がなくなり、俺だけになったところで、N君が話しかけてきました。まだその頃の彼は、片言の日本語でした」

見知らぬ外国人の青年は、A氏に向かって必死な様子で訴えかけた。

「あのひと、わるいひと。あなた、だまされる。きをつけて。しんじて。あなた、だまされる」

彼は困惑した。友人がトイレからもどってくると、外国人の店員はすぐに離れて店の奥へ消えてしまった。

「酒の飲み過ぎで幻覚でも見たんじゃないかって思いました。だけど、あの子、必死だったんです。だから気になっちゃって。その後、俺と友人は店を出て三軒目に移動したんですけどね、そこで友人が投資をしないかって提案してきたんです。確実に儲《もう》けのでる事業があるから、今のうちに乗っておかないかって」

A氏はバーで働いていた外国人青年のことを思い出した。結局、提案は断った。

数週間後、その友人が捕まったと噂に聞いた。彼は知り合いに声をかけ、儲け話があると説明しては金を集めていたらしい。よくある投資詐欺だった。

「おどろきましたし、裏切られたという憤りがありました。でも、落ち着いてくると、あの外国人の青年は、どうやって彼のたくらみに気付いたんだろうって、気になってきたんです。だから、お礼もかねて会ってみることにしたんです」

A氏は寂れたバーを再訪する。店長らしき人物に一言ことわって、店員の青年と話をさせてもらった。

外国人青年は店の片隅でNと名乗った。ベトナム人であることもその時に知る。どうして友人が自分を騙《だま》そうとしているとわかったのか？

N君の回答は信じがたいものだった。

「ぼく、あたまのなか、よめる。さわると、こころのこえ、きこえる。おさけ、はこんだとき、ゆび、あたった。あなたを、だまそうとしている、わかった」

精神感応、あるいはテレパシー。一八八〇年代から多くの機関がこの研究を行っていた。最近の報告によれば、量子もつれの現象が関わっているのではないかと推測されている。N君は触れた相手の考えていることがわかるという。普通だったら笑って聞き流すような話だ。

「最初は疑いました。だから、試しにその場で俺の考えていることを読み取ってもらったんです。それで彼の力が真実かどうかわかるはずですから」

まずは職業を当ててもらうことにした。

N君は緊張した面持ちでA氏の手に触れる。

「あなた、ほんを、つくる。もじ、いっぱいの、ほん。しょ……、しょう……。しらない、ことばです」

「小説？」

「そう。それです。しょうせつ。あなた、しょうせつの、しごと、してます。あと、それと、ベッドに、ねてる、おじいさん、みえます。めが、かたほう、ない、おじいさん」

彼は動揺した。N君の力は、まちがいなく本物だった。

怖くなってN君の手をふりほどく。

「ごめんなさい」

N君はすまなそうにする。

「いや、おどろいたものだから。それにしても、すごいな……」

その時、ひらめいた。N君の不思議な力は、自分の窮地を救ってくれるかもしれない。

「きみ、お願いしたい仕事があるんだ。きみにしかできないことだ。頼む、報酬は弾むよ」

「しごと？」

しかしN君は首を横に振った。

「しごと、できない。ぼく、やとったら、あなた、たいほ、される」

N君は不法滞在者だった。パスポートを取り上げられたまま逃げて、就労ビザの更新もしていない。バーの店主はそれを知っていて彼を雇ってくれたのだ。

A氏は困惑したが、引き下がることはしなかった。衣食住を提供し、法に引っかからない形で金銭的援助をすると約束する。

「でも、ぼく、なにする？」

戸惑っている彼に、A氏は説明した。

小説を書いてもらいたい、と。

×××

取材を行う数年前、私も一度だけN君に会ったことがある。J先生のお見舞いに行った時のことだ。病室でA氏がベトナム人の青年を紹介してくれたのだが、それがN君だった。肌の色が日本人よりもすこしだけ浅黒く、小顔でやさしそうな顔立ちの男の子だった。

「この子は、J先生のことで色々とお手伝いしてくれてるんですよ」

当時、A氏はそのように説明した。外国人の介護士をやとったのだろうと、その時の私は解釈した。

彼は流暢な日本語で挨拶《あいさつ》してくれた。

「僕はNです。どうぞよろしくおねがいします。何かお飲み物を買ってきましょうか。何か希望はあります？　珈琲《コーヒー》でいいですか？」

彼は私の横を通って病室を出ていく。すれちがう時、手の甲が触れた。

ところでJ先生は最初から最後まで無言だった。一切の反応を返さない。介護用のベッドの上半身側を起こし、J先生は私たちに顔を見せていた。顔の骨は陥没し、全体的に歪《ゆが》んでいる。斜めに包帯が巻かれ、かつて右目のあった場所は塞《ふさ》がれていた。

J先生は高齢の小説家で、ひどく痩《や》せており、事故に遭う前の顔立ちは鶏によく似ていた。ミステリと純文学を足し合わせたような作風で、流麗な筆致で日本人の精神を美しく描く作家だった。代表作は『島国』。国内外の様々な文学賞を受賞し、その名声は文豪と呼ばれる域に達していた。

私はJ先生と個人的な交流をもったことはない。パーティで挨拶させていただいた程度である。病室までお見舞いに行ったのは、A氏から打ち合わせをかねて呼び出されたからだ。「せっかくなのでJ先生にも会っていってあげてください」と。

彼の姿はショックだった。事故の際に発生した脳出血の影響で、全身麻痺《まひ》がのこっているという。彼はもう二度と、歩くこともできず、指先も動かせず、話すこともできないらしい。表情を変化させる方法もなく、常に同じ顔のままである。まるでマネキンのように、ただ彼はベッドの上に横たわっているだけだ。

しかし、耳は聞こえているし、意識もどうやらあるらしい。呼びかけた際、脳波が変化することから、そのことがわかったという。身体は動かせないが、脳は以前のまま何らかの思考をしている。閉じこめ症候群と呼ばれる特殊な状態だった。意識はあるが意思表示の方法が欠如しており、その様はまるで、魂が肉体の中に閉じこめられて鍵《かぎ》をかけられているかのようだ。

通常、閉じこめ症候群の場合でも、眼球の上下運動とまばたきくらいは可能らしい。しかしJ先生はそれさえも不可能だった。交通事故の際に強く打ったせいで、顔面の骨が陥没して右の眼球を失った。左の眼球は無事だったが、筋肉と神経を損傷し、自由には動かせないという。脳が完全に外界と切り離され、だれともコミュニケーションのできない姿でJ先生はベッドの上にいる。執筆は絶望的だろう。だれもがそう思い、偉大な小説家がまた一人、消えてしまうことを悲しんだ。

しかし、病室で対面した担当編集者のA氏は、意外に明るい顔をしていたのが奇妙だった。その理由が今ではわかる。彼は身体に閉じこめられたJ先生の脳と交信し、原稿をもらう方法を見つけていたのだ。

二

はじめてJ先生に会った日のことをN君に聞いた。

「立派な病院だったのを覚えています。警備員が入り口にいて怖かった。僕はパスポートを持っていませんでしたし、技能実習先から逃げ出したことで在留資格も剝奪《はくだつ》されていましたからね。捕まってしまうんじゃないかって、びくびくしました」

A氏に案内されエレベーターで高層階に移動する。東京のビル群を一望できる場所にJ先生の病室はあった。

「ベッドに痛々しい姿の老人が寝かされていました。それがJ先生です。事故で顔が歪んでいて異様でしたね」

J先生の置かれた状況は聞かされていたが、実際に目の当たりにすると顔をしかめてしまったという。

A氏は老人に話しかけた。

「先生、起きてます？　助けになりそうな子を連れてきました。ベトナム人のN君です。彼には不思議な力があって、先生が頭の中で思っていることがわかるそうなんです」

返事はない。完全な無反応。人間の形をした大きめの石に向かって、一方的に言葉を浴びせているのと、そう変わらないように見えた。本当にこの老人は今も頭の中で思考しているのだろうか、とN君は疑問に思ったという。

精神感応を使えばわかることだ。N君はさっそく、ベッドのそばに椅子を置いて座り、J先生の腕に手を当てることにした。枯れ枝のような腕だった。皺《しわ》だらけで、血管が浮き出ている。N君の手が、その皮膚に触れた。

「その瞬間、様々なイメージと言葉の羅列が僕の頭に流れ込んできたんです。恐怖、不安、困惑、怒り……。ありとあらゆる感情の奔流です。荒れた海が渦を巻いていて、そこに放り込まれたような……。J先生の叫び声が大音量で聞こえて、頭が割れるかと思いました。おどろいて皮膚の接触をやめると、静かな病室へと戻りました。目の前には人形同然のJ先生の姿があるだけです」

N君が病室に連れてこられたのは、事故から二ヶ月以上過ぎたころのことだ。その間、J先生の魂から生み出された感情や言葉たちは、どこにも行けないまま、肉体の檻《おり》の内側でパンク寸前の状態になっていたのだろう。想像を絶する孤独だったにちがいない。

N君はまず、彼を落ち着かせることからはじめた。

「だいじょうぶ。こわがらないで。ぼく、あなたの、おもってること、わかります。おちついて」

話しかけながら腕に触れる。感情の奔流がほとばしり、飲み込まれる前にあわてて手を離す。

「彼から発せられる叫び声は、実際の音ではなく、触れている時だけ僕の頭に聞こえるタイプのものでした。悔しさ、憎悪、あらゆる激しい感情がまき散らされていました。その中にいくつか、聞き取れる単語があったんです。カーテン、光、不快……。その時、彼の主張の一部を理解しました」

N君は立ち上がり、窓のカーテンを閉めた。部屋に差し込んでくる太陽の光がまぶしくてJ先生は不快だったのだ。彼はそのように推測したという。

「カーテン、これで、いいです？　ぼく、あなたの、いいたいこと、すこし、わかる。あなたの、ことば、ぼく、きこえる」

N君は再び腕に触れる。自分の主張が相手に伝わったことを理解したのだろう。荒れ狂う感情の渦がすこしだけおさまって、驚愕《きょうがく》、疑問、安堵《あんど》、といった心の動きが感じられた。

「形のない漠然としたイメージが同時にいくつも頭に入ってくるんです。それらは液体のように互いにくっついていて、全体で一つの海のような状態なんです。そこから潜水艦が浮上するみたいに、言葉が生まれて姿を現します。言葉はあくまでも記号で、本質的なものではないのかもしれません。でも、その記号を拾い集めるようにしながら、僕たち人間は、意思の疎通をしているのかもしれませんね」

N君の頭の中に、J先生の精神の海から浮上した言葉たちが入ってくる。

外国人？　何者？

「そうです。ぼくは、がいこくじん。ベトナムから、きました」

理解者!?

「そうです、ぼくは、りかい、できます。あなたが、おもってること」

聞こえる？　わかる⁉

「きこえます。わかりますよ」

やった！　声が届いた！

J先生は快哉《かいさい》の叫びをあげた。その声はN君にしか聞こえなかったが。

「ラジオのチューニングを合わせるようなものでした。雑音まじりの中から、明瞭《めいりょう》な言葉の聞こえてくるポイントを探り当てるんです。僕たちはそれをやりました。一度、合わせてしまえば、もう大丈夫。僕とJ先生の間に、見えない電話回線が繋《つな》がって、話ができるようになったんです。でも、僕の力は受信専用ですから、返事は口に出す必要があります。J先生の耳が正常でよかったですね」

一日目は親交を深めることに費やされた。人形同然の状態で横になっているだけだった小説家は、N君の力を借り、再び社会に向かって言葉を発信することが可能となったのである。

「精神感応といっても、一瞬で相手の頭の中を何もかも読めるわけじゃないんです。文字がたくさんの本のページを見て、内容を一瞬で理解するのは難しいでしょう？　それと同じですよ。あの時は、伝わってくるJ先生の思考が渋滞を起こしていました。難しい単語で思考されるとだめですね。挿し絵付きの本のように、イメージが一緒に読み取れた時は単語の意味を推測できるんですけど。僕の理解がおそいと、彼は癇癪《かんしゃく》を起こして不機嫌になりました。面倒くさい人だな、と思いましたよ」

Ｊ先生は神経質で怒りっぽい方だ。機関銃のように早口で社会への文句を吐くタイプの老人である。

「意思の疎通が可能になると、彼はいくつもの不満を僕経由でＡさんに伝えました。看護師の自分への扱いが粗雑だとか、朝と夕方はラジオを点《つ》けてニュースのチャンネルに合わせろだとか、事細かに入院生活の改善を要求しました。Ａさんは彼のわがままに全部つきあっていましたよ。涙を流しながら、うれしそうに、Ｊ先生の言葉をノートに書き留めていたんです」

×　×　×

Ａ氏は語る。

「Ｊ先生はもともと、外国人労働者の受け入れに反対していました。日本は鎖国をすべきだって、雑誌に過激なエッセイを書いて炎上していたのは記憶に新しいですよ。もちろんＪ先生もわかっているんです。少子高齢化で人材不足は深刻です。外国人労働者を受け入れなくてはやっていけないですよね。でもあの人は、過激なことを書いちゃうんです。俺はＪ先生の小説が好きだし、尊敬していますけど、性格に難がある人だってことは間違いありませんね」

Ｊ先生は戦後間もない頃の日本を生きた人物だ。自伝的エッセイを読むと、父親や祖父の影響で強い愛国心が芽生えたらしい。外国文化に傾倒していく日本を嘆きながら彼は成長した。

「アメリカは文化的に日本を侵略したんだって、Ｊ先生はいつもおっしゃっていました。これ以上、外国人を受け入れたら日本という国家は薄まって最後には何ものこらなくなるぞって。J先生にそのような思想があったから、小説にはいつも美しい日本の文化が描かれていたのでしょうね。危機感や怒りが執筆のモチベーションになっていたんです」

普通に暮らしていたら面倒くさい人で終わっていたかもしれない。しかし、偏った思想の持ち主が、突き抜けた作品を生み出すのがこの世界だ。彼は次々と傑作を発表した。

しかし、J先生の作品には、外国人という存在に対する敵愾心《てきがいしん》が垣間《かいま》見える。閉じこめ症候群という特殊な状況下でなければ、N君を受け入れることは難しかったのではないか。

「俺が小説の編集なんてやってなかったら、N君をJ先生に会わせようなんて思わなかったでしょうね。あれは正真正銘の精神感応ですよ。国の研究機関で調査すべき対象です。でも、当時の俺は、J先生の小説の続きを読むことしか頭になかったんです」

J先生が交通事故を起こした時、書きかけの小説が存在した。A氏が受け取るはずだった原稿である。冒頭部分をすでに読ませてもらっていたらしい。

N君を紹介した日、彼はJ先生に提案した。

「小説の続きを執筆していただけないでしょうか。この子の力があれば書けるはずです。J先生の頭の中を読み取って、N君がパソコンに打ち込む。だって、あまりにも惜しいじゃないですか。このまま引退だなんて」

もしも私がJ先生の立場だったなら、ふざけるなと怒っていたかもしれない。しかしそれは私が怠惰な人間故なのだろう。

J先生の中にはまだ創作への炎が宿っていた。小説を書きかけの状態で身体が不自由になり、怒りにも似た悔しさがあったようだ。老人はA氏の提案を受け入れた。

「もちろんだ。やるぞ。このひと、そう、いってます」

N君は腕に触れて、J先生の意思を伝えた。

「あんなにうれしかった日はありません。あきらめていた新作の続きが読めるかもしれないんですから。病室を後にした俺とN君は、レストランで食事をしました。何でも好きなものを食べていいと言うと、とても感謝していました。あの子、節約のために何日も食事を抜いていたようです。涙ぐみながら料理を頬張っていましたよ」

N君が受け取る報酬の額をその場で取り決めた。支払いは彼のポケットマネーから出すことにした。不法就労者である彼を会社で雇うわけにもいかない。

食事を終えて店を出ると、N君の住むところを手配した。当時の彼はベトナム人仲間の住むアパートに居候させてもらっていたらしいが、そこを出て病院に近いウィークリーマンションに引っ越させたという。ノートパソコンを買い与え、ネットに接続できるよう回線を整備し、文章作成ソフトの使い方を教えた。

以降、N君は病室に通い、二人三脚の共同執筆作業をすることになる。

「もちろん、最初はうまくいきませんでしたけどね……」

遠い目をしてA氏は言った。

×××

「だって当たり前でしょう？　僕はそれまで、パソコンなんて触れたこともなかったんですから。Aさんが用意してくれた部屋で、電源の入れ方や、ソフトの立ち上げ方を教わりました。慣れるまでは言語設定をベトナム語にしていただいたんです。ネットにつながったブラウザで、ベトナム語のサイトを表示させることに成功すると、なつかしさで胸がつまりました」

A氏が地図サービスのページを表示し、N君に実家の住所を入力させた。一文字ずつ、たどたどしくキーをタイプする。衛星写真が画面に表示された。それほど鮮明ではなかったが、拡大すると、N君が暮らしていたベトナムの生家の屋根だとわかった。

「奇妙な体験でした。僕の故郷がパソコン画面に映ってるんですから。画面に手を当てて、両親や兄弟の名前を呼びながら、僕は泣きそうになりました」

Aさんが自宅に帰ると、ウィークリーマンションの部屋で彼は一人になる。その日、支給されたパソコンを徹夜でいじり倒した。わからない知識があればネットで検索して答えを探し出せるまでになった。

「日本語の入力には慣れが必要でしたけど、やり方をおぼえると簡単でした。ベトナムでも漢字は使われていましたからね。現在のベトナム語は、フランスの植民地だったころに普及した言葉です。でも、もっと昔は中国の支配を受けていたので、漢字文化圏だったんですよ。その名残で今も漢字は生活の中に残っているんです」

ネットを利用すれば、日本語からベトナム語へ、あるいはベトナム語から日本語へ、即座に翻訳してくれるサービスが使えた。新たに手に入れたツールを用いて彼は貪欲《どんよく》に知識を吸収する。数日で手元を見ることなくタイピングができるまでになったという。

「でも、小説を書くのは、ちっともうまくいきませんでした。はじめの頃、Aさんに付き添ってもらいながら病室に通いました。ベッドのそばに座って、J先生の腕に触れ、まずは雑談をするんです。それから仕事に取りかかります。僕がやるべきことは、わかっているんです。彼に小説の続きを思い浮かべてもらい、それを読み取り、言葉をパソコンに入力する。ただそれだけのことです。でも、なかなかそれが難しかった」

何が問題だったのだろう。

N君は当時のことを思い出しながら難しい表情をする。

「小説の題材が、あまりにも僕になじみのないものだったんです。J先生の思い浮かべている言葉たちが、意味不明の呪文《じゅもん》みたいに思えて、一つも理解できませんでした。だって作品の時代設定が江戸《えど》時代の日本でしたからね。それも吉原《よしわら》の遊廓《ゆうかく》が舞台だったんです。嘘みたいでしょう?」

小説『遊廓人形』。

執筆が頓挫《とんざ》していた小説の題名である。華やかな花魁《おいらん》の世界を描いた人間ドラマだ。

しかしN君は、江戸の遊廓など存在さえ知らなかったベトナム人である。荷が重かった。

「僕はＪ先生の手のかわりにタイピングすることを期待されていたんです。でも、彼の思い浮かべるイメージや言葉たちが何を意味するのかわからなくて、スムーズに文章を打つことができませんでした。わからない単語が出てくる度に、それはどういう意味なのかと聞き返すものだから、Ｊ先生も次第にいらつきはじめてくるんです。そんなこともわからないのか！　って……」

また、執筆の連携がうまくとれなかったのは、文化の隔たりという理由だけではなさそうだった。小説の続きとなる文章をＪ先生に思い浮かべてもらっても、明瞭な言葉の連なりとなって読み取ることはできなかったという。曖昧模糊《あいまいもこ》とした状態で常に頭の中へ流れ込んでくる。

「小説の文章が一文字ずつ順番に読み取れるのだったら、かんたんだったでしょうね。でも、たとえるなら、焼かれる前のパン生地の状態で伝わってくるんです。複数のキーワードやイメージがごちゃまぜになった状態なので、完成形の文章を推測しながらタイプしなくちゃいけないんです」

そのため、余計に背景となる知識が必要だった。Ｊ先生の思い浮かべた物語の断片的情報を、彼が推測をまじえながら文章にしなくてはならない。

「数行入力が終わると、その部分を確認してもらって、オーケーかどうかの判断をしてもらうんです。最初のうちはパソコン画面を彼の目の前に持っていって読んでもらおうとしました。でも、彼の一つだけ残っている眼球は、自分では動かせず、小刻みに痙攣していてピントが合わないらしいんです」

入力した文章をN君が読み上げて確認作業をすることにした。大抵、触れた手を通じて怒鳴り声が聞こえたという。「そうじゃない！」「なんだその汚い文章は！」「子どもでもマシな作文が書けるぞ！」「国へ帰れ！」などと言われる。

「嫌気がさしました。あの頃はまだ、日本語があんまり上手じゃなかったんです。それなのに小説として一級品の文章を僕に求められるんですから、無茶ですよね。J先生の罵倒《ばとう》が嫌で、病室から逃げ出したことも一度や二度じゃありません」

N君はそんな時、一息つくために病院内をうろついた。しかし、警備員の目が怖くて落ち着かなかったという。行き交う人たちも自分のことを見ているような気がしてくる。どうしてこんなところに外国人がいるんだろう、と振り返られることが多かった。

「今にして思えば、自意識過剰だったのかもしれないですけど……」

病室へ戻るとJ先生の方も反省しておとなしくなっている。彼も不安だったのだろう。N君がいなくなったら外界と意思疎通する手段を失うことになるのだから。

執筆が難航している状況を重く見て、A氏はできるかぎりのサポートをした。まずはN君に小説の題材となる遊廓や花魁に関する勉強をさせた。写真集や画集を取り寄せ、吉原遊廓があった現在の日本橋《にほんばし》人形町《にんぎょうちょう》を二人で散策し、資料写真を撮影したという。小説の描写に必要な様々な知識、たくさんの言葉をN君は頭にたたき込んだ。江戸時代の人々の暮らしについて彼は詳しくなり、どのような歴史を経て日本という国が形を成したのかを理解した。最初はお金をもらうために始めた勉強だったが、いつからか純粋な興味を抱いて学ぶようになっていたそうだ。

「花魁の世界なんて、ベトナムの農村で生まれ育った僕には、縁遠いものだと思っていました。でも、資料を読むうちに共感できる部分を見つけたんです。遊廓で働く遊女の一部は、女衒《ぜげん》と呼ばれる者たちによって連れて来られた女性だったそうです。女衒たちは、生活に困窮する農村の家々から若い女性を買い取って町に連れて行き、仕事を斡旋《あっせん》して仲介料をとっていたんですよ。どこか似ていませんか、僕たちに」

遊女たちは遊廓を出て自由に生きることができなかった。彼女たちは身代金のかたに売られてきた者たちであり、遊廓を出るにはその金を返済しなくてはならない。払わずに逃げ出そうとすれば、見せしめのために酷《ひど》い仕打ちをされたという。

まるで、渡航の借金を返せないまま、パスポートを取り上げられ、働かされていた自分のようだ。自分を重ねた部分を手がかりに、彼はJ先生の描こうとしている世界観を理解する。

「Aさんにお願いして、J先生の過去の著作を取り寄せてもらい、文体の模写をやりました。J先生が好む言い回しや、句読点の打ち方を、自分なりに研究したんです」

その頃から、すこしずつ小説『遊廓人形』の執筆が進み始める。言葉がわからなくてN君の手が停止する頻度が減った。タイピングの音が小気味よく病室に響き渡り、罵倒に嫌気がさして病室を出て行くベトナム人青年の姿は見られなくなる。

J先生の魂から生み落とされる小説の続きは、N君の表現を借りるなら、焼かれる前のパン生地のような状態だった。彼はそれを適切に焼き上げ、小説家の整った文章として定着させた。

最初の頃は書き直しを命じられることが多かった。しかし、N君がJ先生の文体の癖を学ぶにつれ、修正しなくとも上質な文章が綴《つづ》られるようになった。

「そうなるまでに長い時間がかかりましたけどね。三ヶ月か、四ヶ月か、それくらいです。J先生の執筆のお手伝いをしていたせいでしょうか、僕の日本語は飛躍的に上達しました。言葉を操るプロの先生と一緒に、一日中、文章を書いて推敲《すいこう》していたんですから、そうなりますよ。J先生はたくさんの知識を授けてくださいました。特に僕が興味を持ったのは、花魁の世界で使われていた廓詞《くるわことば》です」

小説『遊廓人形』に登場する遊女たちは、自分のことを【あちき】【わちき】【わっち】などと呼び、語尾に【ありんす】などとつける。江戸の吉原遊廓で使われていた廓詞というものだ。田舎から売られてきた少女たちの訛《なま》りを隠し、優美で艶《つや》のある遊女を演じさせるために使用されていたらしい。

「最初は面倒でした。台詞《せりふ》を書く時、日本語の教科書にものっていない言い回しで書かなくちゃいけませんでしたから。【ございんせん】とか【しておくんなまし】とか【ようざんす】とか、日本に働きに来て数年が経っていましたけど、そんなの使ってる人はいませんでした。本当にそんな言葉あるんですか？　って、J先生に確認しながら台詞をタイプしました。だけど、慣れてくると何だか心地よく感じられてくるんです。色っぽくて、まるで歌っているような響きですよね。その感想を伝えると、J先生は満足そうにしていました。見た目は表情筋の固まったおじいちゃんのマネキンでしたけどね、うれしそうな心の波動が伝わってきたんです」

彼はいつしか廓詞にも慣れてしまい、吉原遊廓で暮らす花魁たちの日常会話を、すらすらと文字入力することができるようになったという。

「廓詞の響きには、美しさと同時に、ある種の物悲しさがあるように思いませんか。田舎から買われてきた遊女たちは、両親と子ども時代を過ごした故郷の言葉を捨てて、廓詞とともに仕事へ臨まなくてはならなかった。そこにある女性の決意と生き様を想像し、僕は胸を打たれました」

N君の方からJ先生に質問をすることも多くなった。当時の遊女たちはどんな生活をしていたのか。どんなものを食べ、どんな人生を歩んだのか。日本にはどれくらいの数の遊廓があり、現在、それらのあった地域はどんな場所になっているのか。

「J先生は怒りっぽい人で、あんな状態になっても、頭の中では罵詈《ばり》雑言を生み出しつづけるような面倒くさい老人でした。でも、僕が質問すると機嫌よく教えてくれたんです。知識を披露したかっただけなのかもしれませんけどね。今にして思えば、最高の環境で僕は学ばせてもらっていたんです。J先生と僕は、いつのまにか共通の趣味の友人に抱くような親しみを、お互いに抱いていたような気がします」

N君が執筆を手伝うようになり半年が過ぎようとしていた。遊女たちの愛憎渦巻く世界がベトナム人青年の手によって書き綴られ、小説『遊廓人形』の文章データは順調に増えていく。

「執筆は夜になるまで続けられました。面会時間は二十時までと決められていたんです。一日の執筆が終わると、帰り支度を整えて、病室を出なくてはいけません。ある日、いつものようにノートパソコンを畳んでお別れの挨拶をしました」

まってくれ。

腕に触れると、J先生の言葉が伝わってきた。

すこし雑談をしよう、と。

「彼は僕に聞きました。この小説を書き終えて報酬をもらったらどうするのか？　このまま日本で暮らすのか？　って。もしかしたら、J先生は引き続き僕に手伝わせたかったのかもしれません。僕がいなくなったら、何かと困るでしょうし、彼は社会から隔絶された状態に逆戻りです。でも、正直に言いました。お金がもらえたら、故郷のベトナムへ帰るつもりだって」

彼は不法滞在者だ。まとまった額のお金が手に入ったら、渡航の借金を返し、家族のもとへ戻るべきだと思っていた。それに、日本にはあまり良い記憶がない。

「J先生は残念そうにしていましたが、納得してくださいました。だけど、僕が日本を去る前に一つやってほしいことがあるってお願いされたんです」

N君は沈黙をはさんだ。

「J先生は、僕の力が本物だと、だれよりも理解していました。手品などではなく、正真正銘の精神感応であり、他人の頭の中を読むことができるのだと。その力を使って、捜してほしいって頼まれたんです。自分をこんな姿にした犯人を……」

三

数年前、パーティでのことだ。

その日もJ先生は不機嫌そうにブラックの珈琲を飲みながら文学界に対する不満を吐きまくっていた。彼はお酒を飲まないかわりに、パーティのような場所ではいつも、ホット珈琲を飲んでいた。編集者もそれがわかっているから、あらかじめ彼専用の珈琲をポットで用意させてテーブルに置いていた。

パーティが終わる頃、J先生は編集者に見送られながら会場を出ていった。彼が自分の足で歩いているのを見たのは、大勢の人にとって、それが最後となった。

私と作家仲間たちは、親交のある編集者たちといっしょに二次会の店へ移動した。酒を飲みながら小説の話をするのだが、まあ大抵の場合、みんなで泣き言を口にする会となる。スランプで書けない。本が売れない。ネットでの評判がよろしくない。もう小説なんてやめて他の仕事をしたほうがいいのかもしれない。でも、こんな年齢で他の仕事を探すなんて無理だ。死ぬしかない。私を含めて底辺作家が集まるとだいたいそんな感じだ。

一時間ほど過ぎた頃、編集者たちの電話がいっせいに鳴り出した。電話に出た彼らは顔を青ざめさせ店を出て行く。のこされた作家たちは、何が起きたのだろうかと首をひねった。編集者の一人がもどってきて、店内にいた作家たちに報告した。

「J先生が、交通事故に遭われたそうです……！」

翌日、全国のニュースで、事故現場となった高速道路の入り口の空撮映像が流れた。J先生はパーティ会場のホテルまで、愛車を運転して来ていたらしい。自宅に戻る途中、運転操作を誤って大型トラックに激突し横転。J先生は緊急搬送され、意識不明の重体とのことだった。

彼の容態は想像以上に悪かった。全身麻痺に顔面の陥没。執筆は絶望的。大々的に報道されたわけではないが、ネットを通じて容態が知れ渡り、大勢の読者が嘆き悲しんだ。だが、事故の件で一部の者にしか知らされていない事実があった。そのことについては箝口令《かんこう》がしかれていたようだ……。

事故直前の目撃情報によれば、J先生の運転する車は蛇行していたという。救急搬送された彼の体からは、睡眠導入剤の成分が検出された。J先生は薬を服用した後、車を運転したらしい。事故の際、彼は眠っていたか、意識が朦朧《もうろう》としていた状態だったのだろう。

しかし、はたしてこれはJ先生の過失だったのだろうか。この件で警察が動いた。彼は知らず知らずのうちに、何者かに睡眠導入剤を飲まされていた可能性がある。警察がそう考えたのには根拠がある。以前、某県の老人ホームにて、同僚の職員に睡眠導入剤を飲ませて車を運転させ、交通事故を起こして死亡させるという事件が発生していた。犯人は准看護師の女性で、事件は全国ニュースにもなった。犯人はこの事件を真似た可能性がある。

パーティ会場のカメラの記録が精査され、J先生に接近する怪しい者がいなかったかを警察は確認した。睡眠導入剤が入れられたとしたら、彼が口にしていた珈琲がもっとも疑わしい。

警察はマスコミに嗅《か》ぎつかれないよう、ひそかにJ先生の人間関係を調査した。彼は毒舌家で知られている。平気で他人の作品をこきおろすため、心に傷を負った作家が大勢いた。仕事でミスをした編集者をしかりつけ、土下座させた過去もある。彼を恨んでいる何者かの犯行ではないかと思われた。

しかし、パーティ会場のカメラ記録から犯人を特定できず、事件解決には至らなかった。

×　×　×

「N君はJ先生の意思を上手にくみ取って、本人が執筆したとしか思えない文章を綴ってくれるようになりました。休憩時間にもJ先生の著作の文体を研究していましたし、作品の時代背景の資料も読み込んでいました」

A氏は二人の執筆を一日中、横でながめていたわけではない。他にも担当作家がいたし、作らなくてはならない本もあった。会社で仕事をこなし、夕方になると病室に立ち寄って、一日の成果を確認する日々が続いた。

「ある時、N君から相談されました。J先生が作家仲間や親しい編集者に会いたがっているので、お見舞いに呼んでもらえないかって。呼んで欲しい人のリストも作成済みでした」

奇妙に思いながらもA氏はその要望を叶《かな》えることにした。リストに並んでいる作家や編集者に打診し、J先生に会いに来てくれないかと誘ってみる。快く応じる者もいれば、不思議そうな反応をする者もいた。なぜなら、J先生とほとんど交流のなかった者たちまでリストに含まれていたからだ。私もその一人である。

「病室に来てくださった方にN君のことを紹介すると、介護士か何かだと思い込んでくれました。N君は自己紹介の後、気付かれないように相手の体に接触を試みるんです。握手をすることもあれば、体についた糸くずをとるふりをしたこともあります。飲み物を買いに行くという口実で病室から出ようとして、すれちがう時に手の甲を相手の皮膚に当てることもありました。精神感応のためですよ。彼はお見舞いに来てくださったみなさんの頭の中を読み取り、犯人を捜していたのです」

J先生は自分の体内から睡眠導入剤の成分が検出されたことを把握していた。意識が回復した後、病室で医師や看護師たちがそう話しているのを聞いたという。もちろん、自分では薬を服用した記憶などなかった。その日、口にした飲み物はポットの珈琲だけだ。犯人はパーティ会場にいた何者かにちがいない。

そこでJ先生は、パーティで自分のテーブルに近づいて挨拶をしてきた作家や編集者たちを、一人ずつ病室へ呼び出してもらうことにした。彼らの頭の中をN君が精神感応によって読み、だれが犯人なのかを特定しようとしたのである。

「俺は二人の計画に気付きました。問いただすと、あの子、すぐに白状しましたよ。それからは俺も加担するようになって、大勢を病室へ招き入れました。俺自身、犯人に怒っていたんです。一体だれがJ先生を嵌《は》めたのかって。そいつを見つけて罪をつぐなわせてやりたかった」

しかし、病室を訪れた者の中に、犯人らしき思考を持った人物はいなかった。N君の話によると、来訪者は総じて全身麻痺に陥った小説家の姿を見て心から同情していたそうだ。犯人捜しは難航したという。

「一方、執筆の方は順調でした。原稿がそれなりの分量になると、編集長にも読んでもらうことにしたんです」

まずは何も説明しないまま、書きかけの『遊廓人形』を読んでもらった。推敲が充分ではない状態だったが、その原稿には確かにJ先生の小説が放つ特別な輝きがあったという。

編集長はむさぼるように読み、そして残念がった。「事故のせいでこの小説の続きが読めないなんて文学界の損失だ」と。その原稿が事故の前に書かれていたものだと誤解していたのである。

「大成功でした。まだ未完成の状態でしたが、『遊廓人形』はJ先生の他の作品と比べても、何ら遜色《そんしょく》のない出来だったんですよ。編集長に事の経緯を説明しましたが、なかなか信じてはくれませんでした。そこで、実際に病室まで来てもらって、執筆しているところを見てもらったんです」

編集長がそこで目にした執筆風景は、風変わりなものだったにちがいない。

N君が寝たきりのJ先生の腕に触れる。彼はノートパソコンに向かって、カタカタと文字入力を行う。数行の文章を綴ると、それを読み上げて、「これでいいですか?」とJ先生に確認をとる。腕に触れて精神感応で感想をもらい、適宜、文章を手直しする。その繰り返しだ。

「編集長は俺の試みを気に入ってくれました。ほっとしましたよ。【これはJ先生の新作だと認めない】と言われるんじゃないかって心配でしたから。完全にJ先生が一人で執筆したわけじゃないでしょう？　文章として出力する段階で他人の手を借りている。でも俺は、その程度でJ先生の作家性や魂が作品から失われたりはしないと思っていたんです」

編集長とJ先生は古い顔なじみで、以前はよく一緒にジャズ喫茶巡りをしていた仲らしい。N君を介して二人は再び対話をすることができた。

「二人ともうれしそうでした。J先生の表情は固まっていて、N君が代理で話しているんですけど、何となくそういう思いが言葉から滲《にじ》み出てました。J先生は意気揚々と語っていましたよ、『遊廓人形』は自分の最高傑作になるだろうって。俺も同意見でした。その時はまだ結末まで書かれてはいませんでしたが、代表作の『島国』を超えるポテンシャルを感じていたんです」

しかし、それからしばらくして、執筆は頓挫する。

×　×　×

「僕はJ先生のことを尊敬していますが、あの性格はどうかと思いますよ。自分の父親だったとしたら、嫌気がさして家出をくり返していたことでしょう。頑固で、神経質で、文句ばかり。

睡眠導入剤を知らないうちに飲まされて事故に遭ったのも、身から出た錆《さび》なんじゃないかって、当時は思っていました。きっとだれかしらに恨まれていたんだろうなって。でも、生み出す作品は素晴らしかった」

N君は懐かしそうに当時のことを話す。

彼は今、ベトナムで暮らしている。

日本を離れて数年が経過していた。

「今でも覚えています。『遊廓人形』の執筆をしている時、僕は文字を打ち込みながら泣いてしまったんです。遊女たちが布団の中で、故郷の家族のことを思い出す場面でした。J先生の頭の中から伝わってくるイメージや言葉の数々が、切々と遊女たちの心情を物語っていました。僕はそれを文章という形式に落とし込みながら、感極まって涙が止まらなくなってしまったんです。パソコンの画面が滲んで見えない状態でしたが、僕はJ先生の内面から生み出されるものを取りこぼすのが嫌で、嗚咽《おえつ》しながらタイプしていました。僕のすすり泣く声に気付いたんでしょうね、J先生はおどろいて、休憩を挟もうと提案しました。でも、僕はそれを断ったんです。このテンションを維持してシーンの最後まで書ききるべきだと主張しました。一度、区切りを挟んでしまったら、この美しい小説の流れが断ち切られるような気がしたんです」

涙を流しながらN君はその場面を書ききったという。

「それから、すこしだけ個人的な話をしました。本当にめずらしいことなんですが、J先生にベトナムのことを質問されたんです。故郷の村での暮らしぶりや、いつも食べていた料理のこと。お祭りのことや、両親のことや、弟たちのこと。J先生がそんな風に僕の生い立ちや環境について聞いてくるのは、はじめてでした。彼は日本という国を愛するあまり、外国に興味を持たない方でしたからね」

J先生の心情は推測するしかないが、彼なりにN君へ歩み寄ろうとしたのかもしれない。自分の小説を、自分の手のかわりに執筆しながら感動で涙を流してくれた外国人に対し、敬意を払おうとしたのではないだろうか。

「J先生のもとで小説を書くという仕事は、大変でしたけど、やりがいを感じていました。価値のある仕事に関わっているんだという充足感があった。何も持たなかった僕が、この世に美しいものを生み出すお手伝いをしていたんですからね」

彼はそこで沈黙を挟む。

「ある晩のことです。執筆を終えてウィークリーマンションに戻りました。夜中に喉《のど》がかわいて、外の自販機へジュースを買いに行ったんです。当時、外国人がコンビニ強盗をした事件があったから、警察もぴりぴりしていたんでしょうね。制服を着た二人組の警察官が近づいて話しかけてきたんです。名前と出身国を聞かれ、正直に答えました。身元を保証するものを見せるように言われたんですが、部屋に忘れたと言い張って、とにかくその場から逃れようとしたんです。本当は、身元を保証するものなんて、何もなかった。僕の態度がおかしいことに気付いたんでしょう。交番に連れて行かれて話をすることになったんです。僕はすっかりあきらめて、パスポートがないことも、就労ビザが切れたまま更新していないことも、正直に話してしまいました」

彼は留置場で数日を過ごすことになった。

前科の有無などを調査され、出入国在留管理庁の出張所の一つへと移送されることになる。

執筆どころではなくなった。

×××

「突然、N君が姿を消してしまったんです。夕方に病室へ行っても、ベッドにJ先生が横たわっているだけで、執筆が行われた様子がなかった。フロアで働いている看護師の方々に、N君の姿を見なかったかと聞いてまわりました」

彼を住まわせていたウィークリーマンションにも足を運んでみたが部屋にもいなかった。A氏は合い鍵を持っていたので、室内を確認することができた。執筆用のノートパソコンや、連絡用に渡しておいた携帯電話が部屋に放置されていたという。

「J先生は不安だったでしょうね。彼がいなくなって、小説の完成する見通しが消えちゃいましたから」

行方が判明したのは、A氏が交番に話を持っていったことがきっかけだった。知りあいのベトナム人と連絡がつかなくなった、と相談したところ、数日前にN君らしきベトナム人が事情聴取されていたことが判明した。

「交番を訪ねるのは最後の手段だったんです。N君が不法就労者だってことがばれるかもしれませんし。でも、結果的には行って良かった。居場所が判明して、ほっとしました」

N君は勾留《こうりゅう》された後も、A氏に連絡をとろうとはしなかったようだ。留置場でだまりこんだまま、ずっと座っていたらしい。迷惑をかけたくないという思いがあったのかもしれない。

彼は出入国在留管理庁の出張所内の収容施設にいる。そのことを突き止めて、A氏は面会へ行くことにした。

「まずは編集長に相談して、弁護士を紹介してもらいました。不法滞在やオーバーステイの問題に詳しい方で、四十代の女性でした。どこまで説明するか迷いましたよ。俺たちはN君に小説執筆の手伝いをさせていましたが、雇用していたと見なされた場合、不法就労助長罪ってことになってしまいますし……。それ以前に、精神感応の話をどこまで信じてもらえるのか……」

結局、A氏は女性弁護士にN君とのこれまでの経緯をすべて隠さずに説明したという。女性弁護士は眉間《みけん》に皺をよせて難しい顔をしながら最後まで聞いていた。

結果、彼女は超常的な力の存在を認めなかったが、それはそれで問題なかったようだ。精神感応など存在しないという見解で状況を整理すれば、N君は病室で自分の趣味の小説を書いていただけに見えた。

「N君はあくまでも趣味で小説を執筆していたにすぎない。俺はあの子に生活費を与えていましたが、執筆の対価を払っていたわけではなく、友人として援助していただけ。女性弁護士さんのアドバイスで、そうしておくことになりました」

ある曇り空の日、A氏と女性弁護士は外で待ち合わせをしてN君のもとへ向かった。面会に必要な書類は整えてある。出入国在留管理庁の出張所は、灰色の巨大な直方体を思わせる無個性なビルだった。

「全国各地にそういった施設があって、オーバーステイした外国人が一時的に収容されているそうです。彼らを閉じこめている間に、入国審査官が調査したり、特別審理官が口頭審理をしたりするそうです。その結果を鑑《かんが》みて、国外に強制送還させるかどうかを判断するそうです。収容期間が長引く場合は、入国管理センターって呼ばれる大きめの収容所へ送られるらしいんですけど、そこはいわゆる刑務所のような場所なんだそうです」

通称、入管センター。オーバーステイした者たちが最後に行き着く場所で、こちらは日本国内に二ヶ所のみだ。女性弁護士の説明によれば、その施設の評判はすこぶる悪く、収容された者たちが何人も自殺未遂を起こしているらしい。様々な人権団体が訴えを起こしている。N君が入管センターへ送られる前に、何としても身柄を釈放してもらいたかった。

「面会室でN君に再会できました。もともと痩せていた頬がさらにこけて、目の下にくまができていたんです。あまり眠ることができていない様子でした。すみません、って何度も謝っていました。それからJ先生の様子を聞かれたんです。執筆の中断を余儀なくされたことで、怒っているんじゃないかって」

A氏と女性弁護士は何度もN君のもとを訪ねることになる。彼を収容施設から出すための方法を長時間、話し合った。

「N君には日本に永住する意思はありませんでした。ある程度のお金を手に入れたらベトナムに帰るつもりだったんです。そこで、国外への強制送還を受け入れることにしたんですよ。それを前提とした上で、仮放免という制度を申請することにしました」

仮放免の申請が通れば一時的に施設から外に出られる。ただし、保証金が必要となり、行動範囲にも制限がかけられるという。

「弁護士さんのアドバイスのおかげで、一ヶ月くらいで仮放免が認められたんです。ベトナムに帰国することを受け入れて、身辺整理のための仮放免という形にしてもらったのが、功を奏したのでしょう。おかげでようやく、N君は外へ出ることができたんです。建物を出たところで握手をしました。俺の手を固く握りしめたまま、あの子は、ぽろぽろと泣き出したんです」

N君はそれで自由になったわけではない。法律によって正式に退去強制の判断が下された状態だ。彼が日本の土地を歩き回れるのは一時的なものだった。仮放免の期間が終わる前に、彼は出国する必要がある。『遊廓人形』をそれまでに書き上げなくてはならなかった。

四

「Aさんと弁護士さんには本当に感謝しています。仮放免の保証金を支払ってくれたのもAさんだったんです。職務質問を受けた日から、外に出られたあの日まで、気が滅入《めい》ることばかりでした。警察や入管職員の手が触れる度に、外国人への悪感情が直接的に流れ込んでくるんです。あれは、へこみますよ。僕の居場所なんてこの国にはないんだって思いました。でも、外に出られてAさんと握手をした時、心から喜んでくれているのがわかったんです。生まれた国のことなんて関係なく、一人の人間として僕のことを心配し、親身に思ってくれていたんです」

女性弁護士にお礼を言って、A氏とN君は、その日のうちにJ先生のいる病室へ向かった。

「J先生の痩せた腕に触れると、怒声が大音量で頭の中に聞こえてきました。彼は怒っていました。執筆を放り出して病室に来なかった僕に。でも、それと同時に喜んでくださっているのもわかりました。また会えてうれしい、という親愛の情が伝わってきたんです。驚きですよね。日本は鎖国をすべきだって、彼が何かのエッセイに書いていたことを僕は知ってますよ」

二人三脚の創作活動が再開する。病室にタイピングの音が戻り、小説家の脳内にあるイメージと言葉の塊は、再びN君の手によって適切な文章へと落とし込まれた。中断されていた遊女たちの物語が終着点に向かって動き出す。

A氏はN君の生活を援助した。労働に対する報酬ではない。あくまでも自分の趣味で小説を書いているという体裁だ。また、数週間に一度、N君は入管の呼び出しに出頭する義務があった。仮放免中の外国人が逃亡していないかを確認するための制度だろう。その度に女性弁護士も同行して、仮放免期間延長申請を行った。

そして、ついに初稿が書き上がる。

「最後の一文をタイピングし終えると、僕はJ先生を抱きしめました。やめろと彼は頭の中で言いましたけど、僕を押しのけることなんてできませんよ。それに、心の奥では、それほど嫌じゃないって思っているのが、わかっていました」

しかしまだ完成ではない。そこから長い時間をかけて修正作業に入る。何度も読み返し、N君とJ先生は内容を精査する。遊女たちの心情を加筆することもあれば、時間をかけて書いた場面を惜しみながら削除することもあった。A氏は原稿を校正にかける。編集長や仲の良い編集者にも読んでもらった。一読した者は全員、物語の虜《とりこ》になった。遊廓で働く女性たちの生き様は、現代人の心にも、しっかりと響いた。

校正ゲラの修正作業は病室で行われた。ベッドの横に小説を印刷された紙の束が積まれ、数行ずつ読み上げながら、精神感応を利用して意見を聞く。A氏はデザイナーに本の装丁をお願いした。発売日も決まり、各界の著名人に原稿を送って推薦コメントの執筆を依頼する。反応は素晴らしいものだった。小説の大半を執筆したのがベトナム人青年だと気付いた者はいない。

「共同執筆者として名前を連ねる気はそもそもありませんでした。僕はあくまでもタイピングをしただけなんです。でも、僕の名前を本のどこかに入れるべきだって、J先生が主張されたんです。本の最後に僕の名前と謝辞が入っているのは、そのせいなんですよ。みんなそれを見て、どう思ったでしょうね」

やがてすべての作業が終わる。

N君とA氏とJ先生は病室でお祝いをした。

「看護師さんの目を盗んで、僕とA氏はシャンパンを開けたんです。J先生はもちろん飲めませんけどね。彼からは充足感と同時に、物悲しい思いも伝わってきました。この作品が自分の作家人生最後の作品になるのだ、という感慨があったようです。その時でした。ほろ酔いになっている僕に、J先生は、とんでもない提案をしたんです」

彼はその時、シャンパングラスとは反対の手を、J先生の腕の上に置いていたという。接触面を通じて老人の意思が伝送されてきた。

「財産の半分を僕にくれる、とおっしゃったんですよ。生前贈与するから、大金を持ってベトナムに帰れって……」

×　×　×

「J先生のご自宅は都内の高級住宅地にありました。建物と土地だけで十億円以上にはなるでしょう。今後も先生の著作は売れ続けるでしょうし、その権利まで含めると、とんでもない額になるはずです。J先生は独り身で、高齢でしたし、全身麻痺から回復する見込みもありません。自分が老衰で死ぬまでの入院費用がのこっていればいい、という考えだったのでしょうね。俺は良い話だと思いました。N君もベトナムにいる彼の家族も幸せになれますし。それに、J先生がそうしたいとおっしゃるなら、俺は従うだけです。だけどこの話は、やっかいなもめ事を引き寄せてしまいました」

ある日、J先生の甥《おい》を名乗る人物が出版社に現れたのである。

J先生には妹さんがいて、すでに鬼籍に入っているが、息子が一人いた。ほとんど交流がなかったので、J先生はそれまで話題にも出さなかったようだ。

「俺たちはJ先生の親類関係について何も知りませんでした。事故が起きた時、親類がだれも名乗り出なかったから、入院手続きなんかもすべて出版関係者で行ったんです。まったく、どこから聞きつけてきたんでしょうね。あの男は、財産の半分をN君に譲渡する件について、文句を言いに来たんですよ」

当時、A氏はこの件を編集長に相談していた。それを聞いた何者かが噂として業界に広めてしまい、J先生の甥の耳にも入ったのだろう。

会社に来訪したその人物は、四十代後半の細身の男性だったという。背広を着た身なりの良いサラリーマンという印象だが、顔にはりつけた笑みがどこか嘘臭く感じられた。彼はJ先生との血縁関係を証明する書類を持参しており、どこにも不備が見当たらない。確かに彼はJ先生の甥だった。J先生が死んだら、代襲相続人として遺産を受け取る権利は彼にあるという。

「あの男は、財産の半分が見知らぬベトナム人青年の手にわたるのが、がまんならなかったのでしょう。自分のもらえる額が大幅に減るわけですからね」

彼は主張した。財産の半分を譲渡するというJ先生の提案は、何者かのねつ造にちがいないと。確かにそう思われてもしかたがないことだった。N君の能力を知らない人間がこの話を聞いたら、全身麻痺で話すこともできず、眼球も動かせないJ先生が、どうやってそんな提案をできたのかと不思議に思うだろう。

やっかいなことに、この件はJ先生本人が言葉を発して意思表明したわけではない。あくまでもN君経由で語られた言葉だ。そのため、J先生の意思だと認めさせることが法的に困難だった。

「俺はまた弁護士さんに相談してみることにしたんです。例の女性弁護士ですよ。遺産相続の問題にも詳しいみたいで、引き受けてくださいました。でも、事情を説明した結果、望ましくない回答をもらったんです。相手側に有利、と彼女は判断しました。それどころか、J先生の資産をN君に分け与えようとした場合、罪に問われる可能性があるそうです」

精神感応の存在は法的に認められていない。N君がJ先生の指示で預金を引き出した場合でも、J先生の指示であることが証明できないため、勝手に預金を引き出したものと見なされかねない。訴えを起こされれば負ける。

J先生の財産は、本人の意向とは無関係に、甥がすべて受け継ぐことになりそうだった。

「J先生は無表情で横たわっていましたが、内心では激怒していたみたいです。N君が腕に触れて、なだめていました。俺も腹立たしいかぎりです。あの男はJ先生の意思を存在しないものとして扱ったんです。人間として見ていない。動くことができず話もできないだけで、J先生の中には明瞭な意識があり思考しているというのに、それを一切、ないものとして処理しようとしていた。N君によると、J先生はあの男に財産など渡すものかって、息巻いていたようです。でも、その意思を法的に認めさせる方法がなかった……」

小説『遊廓人形』が発売されたのは、そんな時期だった。

発売日に本が書店に並んだ。交通事故により再起不能かと思われた小説家の新作だ。世間に衝撃が走ったことは記憶に新しい。

同日の夕刻、A氏はN君から一本の電話を受けた。J先生の甥を名乗る人物が、病院を訪ねてきているという報告だった。

「あの男が病院に現れたんです。おかしいですよね。J先生が入院して以来、ずっと顔を出さなかった奴が、急にお見舞いに来るなんて。これまでの疎遠な関係を埋めようとする目的があったんでしょう。世間へのアピールだったのかもしれません。自分はJ先生の遺産を相続するに値する親類だってことを強調したかったんですよ」

A氏は会社にいたので、その日に病室で起きた出来事を、後から聞いて知った形となる。

小説『遊廓人形』の発売日、都内には雨が降っていた。病室の窓から見える景色は灰色にかすんでいたという。N君はJ先生のベッド脇に腰掛け、老人の語りにつきあっていた。執筆が終わっても、N君は毎日、J先生の病室を訪ねていた。

じきに日本を出国しなければならない。J先生の魂は再び孤独な身体の檻へ閉じこめられるのだ。外界に彼の言葉は届かず、ベッドの上で植物のように生涯が終わるのを待つだけの存在となる。N君はそのことを気にかけていた。彼を見捨てて母国へ帰る負い目を払拭《ふっしょく》するように、彼はJ先生との対話の時間を作ろうとしていた。

夕方頃、病室がノックされた。扉を開けて四十代くらいの細身の男性が入ってくる。N君は初対面だったので、すぐには彼が何者かわからない。実際のところ、その男の顔立ちはJ先生とよく似ていた。しかし、N君がよく見知っているJ先生の顔は、事故後の陥没して歪んだ状態のものだったので、彼に血の繫がりを感じられなかった。

「どちらさまですか?」

N君は質問した。

彼はJ先生の甥だと名乗り、どこか勝ち誇ったようにN君を見る。

「きみが伯父《おじ》の介護をしていたというベトナム人か」

「はい。Nと言います。よろしくお願いします」

N君は立ち上がって挨拶をする。N君は介護に協力してくれているA氏の友人という位置づけで周囲に認識されていた。J先生は会話をベッドの上で聞いているようだったが、表情を動かすことはできない。もしもN君がその腕に触れていたなら、どんな激しい言葉が伝わってきただろう。しかしその言葉は身体の檻から出ることがないため病室は静かだった。

「本の発売日ですからね、せっかくだから、お見舞いに来ようと思いまして」

「そうなんですね。あなたのこと、Aさんからうかがっています」

N君は友好的な対応を心がけた。彼に対する悪感情がそもそもなかった。みんながどうして彼に怒っているのかわからない。J先生の財産を受け継ぐ権利があるのなら、彼がもらうべきだと思っていた。

男はベッドの老人に向き直る。

「伯父さん、なかなか来られなくてすみませんでした。これからは私にあなたのお世話をさせてください」

「あの、僕、何か飲み物を買ってきます。何がいいです？　珈琲ですか？　それともお茶ですか？」

「珈琲を」

「わかりました。ホットでいいですか？　お砂糖はどうします？」

「まかせるよ。日本語が上手だね」

「ええ、よく言われます」

N君は病室を出ようとする。出入り口付近に立っていた彼とすれちがう際、自然な仕草で体に触れた。手の甲が一瞬だけ接触したという程度。その行動はN君の癖になっていた。病室にお見舞いに来た人の全員に同じことをしていたからだ。

N君は彼の頭の中を読んだ。

愉悦、嘲笑《ちょうしょう》、殺意……。

思考の断片とともに、複数のイメージを垣間見る。それは彼の記憶そのものだった。

いくつかの事実を把握した。彼は出版社のパーティ会場となるホテルの従業員に接触し、弱みを握って従わせたこと。その従業員を利用し、睡眠導入剤をJ先生の珈琲のポットに入れさせたこと……。

N君は確信した。この人物がJ先生を殺そうとした真犯人だと。

「どうかしました？」

「い、いいえ……」

動揺して無意識のうちに彼を見つめていたらしい。

N君は病室を出ると、A氏に電話をかけて意見を仰ぐことにした。

「話を聞いておどろきました。まずはN君を落ち着かせ、どうすべきかを相談しました。結局、その日は何もせずにそいつを帰しました。それから俺たちは警察へ相談に行ったんです。精神感応のことは説明できませんからね、その辺りは若干の嘘をまじえることになりました」

警察はJ先生の件で極秘に捜査を行っていた。当時、ホテルにいた従業員の顔写真と経歴がリスト化されており、A氏とN君はそれを見せてもらった。

「あいつがホテルの従業員らしい人物と会っていたのを、N君が偶然に見かけたという体《てい》にしたんです。まったくの嘘ってわけじゃありませんよ。N君は精神感応によってその場面を見たわけですからね。警察の作成したリストを眺めて、N君は、その従業員の顔写真を指さすだけで良かった」

警察が該当の人物に事情聴取を行うと、すぐに自供を始めたという。良心の呵責《かしやく》があったのだろう。珈琲に睡眠導入剤を混入させたのは自分だと白状し、従わされただけで殺意などなかったことを強調する。

「あの男が事故後しばらく親類として名乗り出なかったのは、警察の捜査状況がわからなかったせいなのかもしれません。目立ちたくなくて距離を置いていたのでしょう。J先生が財産の半分をN君に贈与するという噂が聞こえてきて、たまらずに動き出したんですよ。彼は事件の首謀者として逮捕されました。未必の殺意という奴ですよ。容疑を否認していましたが、彼の自宅から事件につながりのあるいくつかの証拠が見つかったんです。ホテルの従業員を従わせるのに使った品々。それに、J先生の行動を記載した資料です。とある作家さんのブログを印刷したものだったんですけど、J先生はいつもパーティでポットの珈琲を飲んでいることや、自分の運転する車で帰っていくことなんかが書いてあったんです。その箇所に彼はペンでマークしていました。もう言い逃れはできません」

彼には莫大《ばくだい》な借金があり、返済を迫られていたようだ。そのため、確実な方法ではなかったが、伯父を殺害して手っ取り早く遺産を手に入れようとしたのだろう。彼は殺人未遂容疑で逮捕された。後に相続欠格と見なされ、遺産を受け取る権利を剝奪されることになる。

×　×　×

「僕が日本を出てベトナムへ戻ることができたのは、Aさんと編集長さんが、資金援助をしてくれたおかげです。『遊廓人形』の執筆の対価ではありませんよ。不法就労者を雇っていたことになりますからね。Aさんたちが捕まってしまいます。このことはどこにも書かないでくださいよ」

「わかりました、ここだけの秘密にしておきます」

私はパソコン越しに了承する。

ディスプレイに映し出されているN君の背後の壁には、子どもたちが描いたと思われる絵が飾られていた。現在、彼は故郷の村の近くで学校の先生をしているという。その教室で彼はリモート取材を受けているのだ。

N君は副業として、日本語の本をベトナム語に翻訳する仕事も請け負っていた。精神感応という能力を利用すれば、他にも楽に稼げる仕事はあったかもしれない。しかし彼は、J先生との対話で身に付けた語学力によって人生を切り開くことを選んだ。

「あれは確か、僕が日本を出発する数日前のことでした。J先生から、銀行口座の暗証番号を教わったんです。口座のお金を好きなだけ引き出して持っていけって言われました。でも、そんなことをすれば僕はいよいよ投獄されてしまいます。それに財産なんてどうでもよかった。僕は、J先生の小説の執筆に関わることができたってだけで満足だったんです。その時でした。彼がふと言ったんです。今日はいつもより目のピントが合いやすいって。彼の目を覗《のぞ》きこんでみると、確かに、いつもの小刻みな痙攣がおさまっていました」

N君は念のため医者を呼んで診察してもらった。J先生に残された片方の眼球を医者が覗き込み入念に調べる。交通事故以来、小刻みな痙攣をするだけだった左の眼球が、一点を見つめて静止していた。医者はそれを回復の兆しだと判断した。

「リハビリをすれば目を動かすことができるかもしれないって、お医者さんが言ったんです。閉じこめ症候群が治るわけではないですよ。あくまでも、眼球の動きが多少は自分で制御できるようになるかもしれないってだけです。まぶたを動かす筋肉は動いていませんでしたけどね」

その診察結果はJ先生を取り巻く状況に決定的な変化をもたらすものだった。自分の意思で眼球を動かせるようになれば、【イエス】と【ノー】を伝えることができる。N君の精神感応を介さなくても周囲の人々に意思表明が可能だ。資産の半分をN君に生前贈与するという意思も、法的に認めさせることができる。

「最後に病室でお別れした時は、まだリハビリもしてなくて、彼の目はすこしも動いてませんでしたけどね。その日、枯れ木のような腕に触れると、正真正銘、本物の感謝の気持ちが伝わってきました。それほど暗い気分にはなりませんでした。目が回復すれば、彼は、僕がいなくても周囲の人とコミュニケーションできるはずですからね。本当に良かった。僕は彼に手を振って【おされば】と挨拶しました。花魁が使っていた廓詞で【さようなら】って意味です」

その後、A氏と空港へ行き、彼とも固い握手を交わしたという。

「Aさんと知りあえて幸運でした。不思議な縁ですよね。工場を逃げ出した時は、こんな国に来なければ良かったと後悔ばかりしていたんです。ベトナムにいるべきだったって、毎日、泣いていました。でも、日本を出立する時、名残惜しさがありました」

N君を乗せた飛行機は日本の地を飛び立った。

直線距離で三六〇〇キロメートル。およそ六時間かけてN君はベトナムに戻った。都市部で一泊し、長距離の鉄道とバスを乗り継いで故郷の村へ帰る。あらためて見ると本当に何もない、ただの農村だった。出発した頃と何も変わっていない。まるで自分が日本へ行っていた数年間は夢だったんじゃないかと思ったそうだ。

「家に入ったら、両親が呆然《ぼうぜん》とした顔で僕を見て、それから抱きついてきたんです。事前に何も連絡してなかったですからね。国外追放になっちゃったから帰ってきたよって話をしたんです。みんなおどろいてました。日本で何をしでかしたんだって、心配されました」

小説『遊廓人形』の印税の一部が、後にベトナムのN君の口座へ送金された。莫大な金額だった。しかしそれだけではない。眼球を自分の意思で動かせるようになったJ先生が、自らの意思を司法に認めさせ、財産の半分をN君へ生前贈与した。N君はその資金で学校や病院を設立し、それらにJ先生の名を冠したという。

「そんなわけで、僕は今、教師をしているんです。ところでJ先生はお元気そうですね。ネットのニュース記事を読みました。今でも、日本のニュースサイトをたまに眺めるんです。新刊が出たんでしょう?」

「そうです。小説ではないんですけどね。『遊廓人形』がJ先生の最後の本になるものだと、みんなは思ってましたから、びっくりですよ」

「なかなかああいう老人は死なないんですよ。ベトナムでもそうなんです」

N君はそう言って笑った。

J先生の新作は短歌集である。編集したのはA氏だ。眼球の動きを探知するシステムを用いることで、J先生はひらがなを一文字ずつ選択して綴ることができるようになっていた。文字入力に時間がかかるため、小説のような長文の創作は避けて、短歌を選んだのだろう。その方面にもJ先生は才能を発揮し、各界から注目を集めていた。

「あれからJ先生とはやりとりしてないんですか?」

私はN君に質問する。

「はい。メールもしてませんし、リモートで顔を見せてもいません。もう僕のことなんて、忘れてるんじゃないでしょうかね。でも、あと数ヶ月で、また日本に行けるようになりますから、行く機会があったら病室に立ち寄ってみますよ」

日本から強制送還された者の上陸拒否期間は五年である。あと数ヶ月で彼は日本に再入国が可能だった。N君が顔を出せば、きっとJ先生は喜ぶ。短歌集に収録された作品に、外国の友人について歌ったものがあった。私は二人の再会を想像し、それが現実になれば良いと思った。

取材の最後に彼は言った。

「子どもたちに、よく自慢するんです。僕は日本の有名な小説家さんと友だちなんだよって。みんな目をきらきらさせて話を聞いてくれますよ。子どもたちみんなに、平等にチャンスがあればいいなって思います。彼らの未来が開けていることを願ってやみません。僕はまあ、運が良かった方なんでしょうね。日本で死にかけたけど、結果オーライって感じです」

取材が終わる頃、彼のいる教室に大勢の子どもたちが入ってきた。子どもたちは興味津々という表情でパソコンを覗き込んでくる。私が彼らに手を振ると、ディスプレイ越しに手を振り返してくれた。

初出
「怪と幽」
vol.００４　２０２０年５月号～vol.００８　２０２１年９月号、
vol.０１０　２０２２年５月号、vol.０１２　２０２３年１月号

「精神感応小説家」に関して、織守きょうやさんに
法律監修をしていただきました。
この場を借りて厚く御礼申し上げます。

山白朝子（やましろ　あさこ）
2005年、怪談専門誌『幽』でデビュー。著書に『死者のための音楽』『エムブリヲ奇譚』『私のサイクロプス』『私の頭が正常であったなら』などがある。趣味はたき火。

小説《しようせつ》家《か》と夜《よる》の境界《きようかい》

2023年 6 月22日　初版発行

著者／山白朝子《やましろあさこ》

発行者／山下直久

発行／株式会社KADOKAWA
〒102-8177　東京都千代田区富士見2-13-3
電話　0570-002-301（ナビダイヤル）

印刷所／大日本印刷株式会社

製本所／本間製本株式会社

●お問い合わせ
https://www.kadokawa.co.jp/（「お問い合わせ」へお進みください）
※内容によっては、お答えできない場合があります。
※サポートは日本国内のみとさせていただきます。
※Japanese text only

定価はカバーに表示してあります。

ISBN 978-4-04-111654-8　C0093